Conformément aux statuts de la Société des Textes français modernes, ce volume a été soumis à l'approbation du Comité de lecture, qui a chargé M. François Moureau d'en surveiller la correction en collaboration avec M. André Blanc.

LA MAISON DE CAMPAGNE

LA FOIRE SAINT-GERMAIN

LES EAUX DE BOURBON

SOCIÉTÉ DES TEXTES FRANÇAIS MODERNES

FLORENT CARTON DANCOURT

LA MAISON DE CAMPAGNE (1688)
LA FOIRE SAINT-GERMAIN (1696)
LES EAUX DE BOURBON (1696)

COMÉDIES

TEXTE ÉTABLI, PRÉSENTÉ ET ANNOTÉ

PAR

ANDRÉ BLANC

Diffusion :

PARIS
LIBRAIRIE NIZET
3 bis, PLACE DE LA SORBONNE

—

1985

DU MÊME AUTEUR

Le Théâtre de Dancourt, Atelier de reproduction des thèses, Université de Lille III, Paris, H. Champion, 1977.

F. C. Dancourt (1661-1725), La Comédie française à l'heure du Soleil couchant, Tübingen, G. Narr, Paris, J. M. Place, 1984.

Claudel, le point de vue de Dieu, Paris, éd. du Centurion, 1965 (épuisé).

Les Critiques de notre temps et Claudel, Paris, Garnier fr., 1970.

Claudel, coll. « Présence littéraire », Paris, éd. Bordas, 1973.

Claudel, un structuralisme chrétien, Paris, éd. Tequi, 1982.

Montherlant, un pessimisme heureux, Paris, éd. du Centurion, 1968 (épuisé).

Les Critiques de notre temps et Montherlant, Paris, Garnier fr., 1973.

Montherlant, « La Reine morte », coll. « Profil d'une œuvre », Paris, Hatier, 1970.

En préparation :

Sous la direction de Jacques Truchet, collaboration au *Théâtre du XVIIe siècle*, t. III, coll. de la Pléiade, Paris, éd. Gallimard.

ISSN 0768-0821

ISBN 2-86503-181-0

© Société des Textes Français Modernes

A Huguette

INTRODUCTION

Sans parler du grand public, qui ignore jusqu'à son existence, le nom de Dancourt n'évoque guère, même pour qui a quelque teinture des Lettres, que la comédie du *Chevalier à la mode*. On sait qu'il fut, avec Regnard, mais moins glorieusement que lui, un de ces auteurs réputés mineurs, qui occupèrent le théâtre après Molière, en attendant l'apparition d'un nouvel astre — j'entends naturellement Marivaux.

Que Dancourt soit méjugé est un fait. Peut-être même est-il paradoxalement victime de la réputation du *Chevalier à la mode*, qui a comme occulté le reste de son théâtre et rejeté dans l'ombre la cinquantaine de comédies imprimées qui nous restent de lui.

Certes, *Le Chevalier à la mode* est une pièce de qualité. Soutenu par Sainctyon, Dancourt s'y montre un peintre de caractères et de mœurs remarquable et un dialoguiste de grand talent. Cependant, même s'il s'agit là d'un sommet une fois atteint, peut-être faudrait-il chercher ailleurs le vrai Dancourt, si tant est que la vérité d'un homme ou d'un auteur est son pli le plus fréquent. Sur les cinquante et une comédies qui restent de lui, trente-quatre sont de petites pièces en un acte, appelées — peut-être déjà de son vivant — des *dancourades*, et huit des comédies en trois actes, donc un peu plus importantes, mais de même esprit. Ce nom en lui-même indique que leur auteur a somme toute été le créateur d'un genre. Du genre même qui allait aboutir à ce que nous appelons aujourd'hui le théâtre de Boulevard. C'est pourquoi il peut être intéressant de publier quelques-unes de ces petites comédies, forme théâtrale en rapport à la fois avec un contexte historique précis et une certaine conception de la représentation, comme aussi avec une éthique et une esthétique particulières, même si leur première raison d'être est d'un ordre plus humble.

L'AUTEUR

Florent CARTON, sieur DANCOURT, naquit à Fontainebleau le 1er novembre 1661 — le jour même de la naissance du Dauphin, fils de Louis XIV —, d'une famille de petite noblesse, protestants récemment convertis au catholicisme. Il fit ses études au collège de Clermont et s'y montra élève assez brillant pour que ses maîtres eussent aimé le voir entrer dans leur Compagnie [1]. Il préféra faire son droit et fut reçu avocat à dix-sept ans. A dix-huit ans, il s'éprend de Thérèse Le Noir de la Thorillière, fille d'un célèbre acteur de la troupe de Molière, d'un an plus jeune que lui. Le scénario classique se déroule : enlèvement, scandale, le tout corrigé par le mariage [2]. Celui-ci est célébré le 15 avril 1680. Les parents, vu le jeune âge des époux, s'engagent à subvenir à leurs besoins.

Thérèse était-elle déjà comédienne et est-ce par amour pour elle que Dancourt entra dans cette carrière ? Ou bien son amant et elle-même s'engagèrent-ils dans une troupe au moment de l'enlèvement ? Questions auxquelles nous ne pouvons répondre. Il est plus prudent d'observer simplement qu'il s'agissait d'un mariage somme toute assez bien assorti. La

Thorillière était gentilhomme, les Dancourt aussi, et ces protestants assez tièdes ne semblent pas avoir eu une répulsion
particulière pour le théâtre. De leur côté, les La Thorillière
n'avaient aucune raison de ne pas vouloir que leur gendre fût
comédien. Thérèse ne manquait certainement pas de charme,
comme le prouve la passion du jeune Florent, comme le prouvent aussi les rôles d'amoureuses qui devaient être plus tard
sa spécialité sur la scène de la Comédie-Française, comme le
prouvent également, si nous en croyons une rumeur sans
doute assez fondée, le nombre et le rang de ses amants[3].

Quant à Dancourt, il se sentait probablement attiré par le
théâtre : d'une part en effet, tout jeune homme qui brillait
dans les Lettres à cette époque rêvait de la consécration de la
scène — il aurait écrit à treize ans une tragédie en vers, *Mel-
chisédec* — , d'autre part, bientôt il rêvera d'être le successeur de Racine, et, plus tard, l'héritier de Molière.

Car d'emblée son ambition est double. La famille Le Noir
de la Thorillière compte deux bons acteurs, François et son
fils Pierre ; mais elle est également alliée au plus illustre des
comédiens de l'époque : en épousant Thérèse en 1680, Dancourt devient le beau-frère par alliance de Baron, époux depuis
1765 de la sœur de Thérèse, Charlotte ; Baron, le modèle des
acteurs, dont le génie n'avait d'égal que l'orgueil. Dans une
lettre en vers *A Madame la Dauphine*, au moment où, probablement, il vient d'être admis dans la Troupe française des
Comédiens du Roi, il se propose modestement de :

« suivre de loin Racine et mon beau-frère. »

Entendons : de rivaliser avec eux. Être grand acteur et
grand dramaturge, Dancourt peut y rêver sans outrecuidance.
D'abord, il a dû passer quatre années relativement obscures
dans la troupe du prince de Condé[3], où il semble avoir été
admis directement avec une part entière, Thérèse n'ayant
qu'une demi-part. Il a joué avec cette troupe en Normandie,
en Flandre, en Bourgogne, en Franche-Comté. C'est en Flan-

dre, en 1683, qu'il fait la preuve de ses qualités d'auteur avec *La Mort d'Hercule*, tragédie ni meilleure ni pire que tant d'autres de cette époque, et avec *Les Nouvellistes de Lille*, petite farce vivement troussée.

En novembre 1684, Thérèse passe un essai et est admise dans la Troupe française à partir de Pâques 1685. Ses qualités de comédienne ont-elles frappé ses juges ? Ou bien la protection de quelque grand seigneur ? Sans compter la place tenue par sa famille dans la troupe. Et Dancourt ? Nous ne savons rien de son admission, si ce n'est que lui aussi fut reçu à Pâques 1685, en remplacement d'Hubert, spécialiste des emplois de femmes âgées [4], qui prend sa retraite. Il entre, comme Thérèse, avec une demi-part. En septembre de la même année, il obtiendra un demi-quart de plus, mais ne touchera la part entière que cinq ans plus tard, en 1690, ce qui est un délai normal.

On peut, sans s'aventurer à l'excès, supposer que, mis à part les qualités d'acteur du jeune homme et les protecteurs de Thérèse, deux éléments intervinrent dans cette élection. D'abord la chance d'être né le même jour que le Dauphin : circonstance non négligeable pour se concilier les bonnes grâces de la Dauphine, à qui le roi vient justement de donner la Surintendance de la Comédie-Française, et Dancourt sut fort bien en jouer. Ensuite, ce jeune comédien avait déjà fait la preuve de ses talents d'auteur, et il n'était pas mauvais, au moment où Baron allait se retirer — provisoirement — du théâtre, d'avoir dans la troupe un homme capable de manier avec aisance les vers et la prose, susceptible de brocher une pochade pour meubler la scène dans un moment creux, comme de « raccommoder » des pièces un peu anciennes pour les mettre au goût du jour, voire de polir, corriger, ajuster aux exigences des comédiens des œuvres d'auteurs inexpérimentés, qu'ils se refusaient à jouer telles quelles. Il faut reconnaître que, si c'était là ce qu'attendaient de lui ses futurs camarades, Dancourt devait y répondre parfaitement.

Dévoré d'ambition, comme le montrent ses épîtres de 1684 ou 1685 adressées à la Dauphine ou à Madame [5], Dancourt se rendit probablement compte assez vite qu'il n'atteindrait jamais à la célébrité d'un Baron ou d'un Poisson : ce n'était pas la scène, mais la plume qui lui apporterait la notoriété.

Quelques détails transmis par ses biographes nous le montrent violent, viveur, passionné. Au demeurant, bien en cour, beau parleur, annonceur aimé du public [6], moins aimé de ses pairs, qu'il semble avoir plus d'une fois traités avec désinvolture et auxquels il faisait peut-être un peu trop sentir la distance qui sépare le créateur de ses interprètes. Un tableau de Robert Gence, seul portrait authentique que nous ayons de lui, laisse apercevoir à travers des traits physiques exacts, une certaine vérité psychologique [7].

La vie de Dancourt ne comporte ni voyages lointains et aventures extraordinaires, comme celle de Regnard, ni les multiples activités de celle de Dufresny. Assez terne, uniquement remplie de problèmes professionnels, sentimentaux, ou financiers, elle se confond pratiquement, au moins jusqu'à sa retraite, avec sa carrière d'auteur et d'acteur. On lui connaît pour maîtresse une certaine Mme Ulrich, femme de lettres, avec qui il collabora pour *La Folle Enchère*. Un peu plus tard, en 1692, une passade qu'il eut avec une femme de chambre de Mlle Beauval, comédienne célèbre, et qu'il engrossa, lui valut un procès dont nous ignorons l'issue [8]. On connaît aussi ses démêlés avec Thérèse : le couple se sépara en 1690, pour se réconcilier, peut-être pour des raisons d'intérêt financier, en 1693. Que Dancourt fût infidèle, c'est incontestable, mais la réputation de Thérèse est loin d'être sans tache, et l'on peut s'interroger sur les moyens qui permirent à un couple constamment endetté d'acquérir une fortune considérable et de devenir seigneurs terriens.

Car la prodigalité serait peut-être le péché le plus frappant de Florent et de sa femme si elle n'existait à l'état endémique chez tous les comédiens. Que de créances et de créanciers,

d'assignations, de transactions, d'hypothèques — et cela pendant toute leur vie ! L'histoire financière des Dancourt est
simplement inextricable. Cela amène parfois quelque dispute
violente avec un créancier, qui s'ajoute à celles que Dancourt
eut assez souvent avec ses camarades [9].

Florent et Thérèse eurent deux filles, Manon, née en 1684,
et Mimi, née en 1686. L'une et l'autre montèrent tôt sur les
planches, tenant déjà un petit rôle dans *La Foire de Bezons*,
comédie de leur père, en 1695. Elles entrent dans la troupe en
1700, mais Manon s'en retira dès son mariage, en 1702, avec
un commissaire des guerres, de 18 ans son aîné, tandis que
Mimi, bien qu'ayant épousé un de ses parents, plus âgé
qu'elle de 26 ans, demeura encore longtemps comédienne. A
en croire les chansonniers, les mœurs des deux filles et de
leur mère étaient des plus libres. A la mort de son mari,
Manon devint officiellement la maîtresse du banquier illustre
Samuel Bernard — auquel on attribue parfois les quatre filles
qu'elle avait eues de son mariage. Quant à Mimi, excellente
comédienne dans les rôles de soubrette, de jeune fille, voire de
travestis, elle devait vieillir fort sagement à Courcelles,
jusqu'en 1779, après avoir eu trois enfants, dont la célèbre
Madame de la Poupelinière (ou Pouplinière, plutôt que Popeli-
nière).

Quittons ce terrain, propice aux commérages pour revenir à
Dancourt, dont la carrière se poursuit régulièrement. Pendant
trente-trois ans il fut membre de la troupe et lui rendit
d'importants services.

D'abord comme acteur. Il avait fait ses débuts en jouant
César, dans *La Mort de Pompée*, mais abandonna bientôt les
emplois tragiques pour les rôles à manteaux des comédies
— amants, amis, amoureux — où il ne semble d'ailleurs
s'être fait remarquer par aucun éclat particulier. Souvent, il ne
tient les grands rôles qu'en second. Il fut cependant un
Alceste de qualité, et un honorable Orgon dans *Tartuffe*. Il
joue en moyenne une fois sur deux, un peu moins que sa

femme, à Paris comme à Versailles, sensiblement moins que
Baron ou Desmares.

Il participe également à la vie de la troupe, avec plus ou
moins de conscience professionnelle et d'assiduité. Les comédiens ne paraissent pas avoir une totale confiance en lui ni le
juger d'une scrupuleuse honnêteté. En 1688-89, chargé de
tenir le registre où l'on recopie les comptes, il oublie de le
faire pendant toute l'année. Si, en 1690, on le charge de conduire les procès contre les théâtres de la Foire, peut-être à
cause de son entregent et de son agressivité, il lui faut attendre le début du XVIIIᵉ siècle pour avoir d'importantes respon-
sabilités : en 1704, il est l'un des quatre trésoriers qui succèdent à Le Comte. Il conserva cette charge au titre principal
jusqu'en 1710, apparemment à la satisfaction générale. Cependant, ce ne fut pas sans quelques crises. On l'accuse parfois de
faire passer ses intérêts personnels avant ceux de la Compagnie, ou encore de prétendre à une hégémonie sur la troupe,
où la famille Dancourt, il est vrai, compte à elle seule quatre
membres. Il ne réussit d'ailleurs pas toujours à s'imposer. En
1698, par exemple, alors que le Dauphin lui a accordé
l'admission de ses deux filles dans la Troupe française (à quatorze et douze ans) ; les comédiens réagissent assez violem-
ment, et le Dauphin revient en arrière, rognant sur ce qu'il
avait octroyé [10]. En février de la même année, il s'était démis
— ou on l'avait démis — de sa fonction d'orateur de la
troupe : sa dernière annonce donna lieu à quelque émoi, puisque les comédiens durent faire relâche et aller s'expliquer à
Versailles du « désordre » qu'elle avait causé [11]. Enfin, c'est sur
une demi-brouille qu'il se retira en 1718. *La Métempsycose
des amours*, en 1717, avait été jouée difficilement et sa dernière comédie, *La Déroute du pharaon*, au demeurant simple
réfection d'une de ses premières pièces, *La Désolation des
joueuses*, ne fut pas jouée du tout, bien que, à en croire son
auteur, elle ait été répétée et même affichée.

Voilà donc Dancourt en retraite, à cinquante-sept ans. Il se

retire aussitôt dans son château de Courcelles. Thérèse, restée
à Paris, signe pour lui les reçus de la pension de 1 000 livres
dont il bénéficie comme tous ses confrères. Mille livres repré-
sentent à l'époque un revenu de très petit bourgeois, supé-
rieur à celui d'un ouvrier ou d'un artisan, mais les comédiens
sont habitués à une certaine dépense. D'ailleurs les Dancourt
ne sont pas sans fortune, nous l'avons dit. Leurs dettes perpé-
tuelles n'ont pas empêché leur train de vie et leurs biens
immobiliers de s'accroître régulièrement. Comme la plupart
des comédiens de leur temps, maintenus par l'opinion et par
l'Église — sinon par l'État — dans une marginalité perpé-
tuelle, ils ont sans cesse rêvé d'embourgeoisement. Ils y ont
aussi travaillé. Dès 1693, la transaction de conciliation entre
Dancourt et sa femme énumérait un mobilier luxueux. En
1701, ils louent pour deux mille livres une grande et belle
maison « à porte cochère », rue de Condé. L'année suivante,
ils achètent une maison de campagne à Auteuil, puis une
autre, avec jardin, verger, et, signe d'honorabilité inattendu, le
droit à un banc dans l'église d'Auteuil [12].

Ils cherchent aussi une terre. Après une brève tentative
d'achat, aussitôt annulé — et au nom de Thérèse seule — à
Amirault et Croissy, dans l'Oise, ils se décident pour la
magnifique propriété de Courcelles-le-Roi, aujourd'hui dans le
Loiret : château de grande allure, bois, terres étendues, droits
de justice, etc., le tout pour la somme considérable de 80.000
livres [13]. C'est là que Dancourt se retire, menant cette vie
mi-fermière, mi-seigneuriale dont l'âge lui avait donné la nos-
talgie, vie pieuse au demeurant, consacrée entre autres choses
à la composition d'une tragédie sacrée, *Saül*, que sa fille brûla,
dit-on, par erreur, à la place de ses pièces profanes comme son
testament le lui commandait, après qu'il fut mort, le 6 ou le
7 décembre 1725, suivant de peu Thérèse, décédée, elle, à
Paris.

L'ŒUVRE

La démarche générale de l'œuvre de Dancourt est assez facile à suivre. D'abord, un essai dans la voie royale de la tragédie, en 1683, *La Mort d'Hercule*, jouée en province, avec sans doute assez peu de succès pour qu'il ne réédite pas l'expérience, malgré l'intention proclamée de « suivre Racine » [14]. Au reste, les comédiens-auteurs, à la suite de Molière, semblent laisser le genre noble à des écrivains moins marginaux, comme s'ils s'en sentaient peu dignes. Il y a là une question de mentalité socio-intellectuelle qu'on pourrait se poser mais qui ne concerne pas cette étude. En même temps, ou presque, il donne la brève farce des *Nouvellistes de Lille*, remplie de scènes en jargons divers, de grosses plaisanteries, voire de rixes. En 1685, pour ses débuts parisiens, il écrit une comédie en trois actes, en prose, *Le Notaire obligeant*, titrée par la suite *Les Fonds perdus*. Lui succèdent quelques petites pièces, dont un ballet pour la cour, *Le Ballet de la Jeunesse*, et deux parodies d'opéra, *Angélique et Médor*, *Renaud et Armide*. Enfin, une pochade, la première véritable dancourade, le premier chef-d'œuvre du genre, *La Désolation des joueuses*.

En 1687, avec la collaboration du discret Sainctyon, il se lance dans la comédie en cinq actes, avec *Le Chevalier à la mode*, première d'une tétralogie de la mode, dont la quatrième pièce ne viendra qu'à la fin du siècle. Pour le moment, suivront *La Dame à la mode*, non imprimée, et *Les Bourgeoises à la mode*, séparées par une autre grande pièce de circonstance, *Le Carnaval de Venise*, également perdue. Le tout connut un succès variable. A cela il faut ajouter *La Femme*

d'intrigues (1692), autre longue comédie de mœurs, défilé
cynique de types pittoresques.

A ces œuvres de grande dimension vont succéder, pendant
huit ans, une série continue de comédies en un acte, dont
nous reparlerons. A la fin du siècle, Dancourt éprouve le
besoin de se renouveler : trois comédies en trois actes, *Les
Fées*, pièce commandée par le Dauphin, *Les Trois Cousines*,
paysannerie, et *La Fête de village* ou *Les Bourgeoises de qualité*, satire de mœurs. Puis il s'occupe de remanier les « agré-
ments » de spectacles déjà anciens, mais que les comédiens, en
proie à de grandes difficultés financières, croyaient susceptibles
de leur attirer un abondant public, à condition qu'on leur
donnât un air de nouveauté en modifiant leurs intermèdes et
divertissements : par exemple, *L'Inconnu* de Thomas Corneille
ou *Les Amants magnifiques* de Molière. Cependant, peut-être
parce qu'il se sent vieillir, Dancourt tente un ultime effort
pour conquérir, non pas la notoriété, qu'il a depuis longtemps,
mais une gloire plus solide. C'est dans cet esprit qu'il écrit *La
Famille à la mode* (1699), élément final de la tétralogie com-
mencée douze ans plus tôt, mais aussi reprise évidente de
L'Avare, et que, après *La Trahison punie*, simple adaptation
d'une traduction de l'espagnol faite par Lesage, il essaie de
refaire un *Tartuffe* moderne, *Madame Artus*, conçu visiblement pour rivaliser avec le Maître, emporter enfin de haute
lutte cette deuxième place dans la cohorte des auteurs comiques, convoitée depuis ses débuts [15]. Peut-être même, *La Trahison punie* lui rappelait-elle *Don Garcie* et *Dom Juan*. *Sancho Pansa gouverneur*, en revanche, n'est encore qu'une
adaptation, bien faite, d'une vieille comédie de Guérin de
Bouscal.

Devant l'échec de ces grandes comédies, Dancourt revient
aux pièces courtes, où trois actes éventuels — dans *Les Agioteurs* — ne signifient plus qu'une matière un peu abondante
pour des ensembles qui dépassaient parfois trente scènes. La
nouveauté consiste alors dans un recours plus fréquent à

l'actualité (*Le Vert-Galant, L'Impromptu de Suresnes, Le Prix de l'arquebuse*), la création de fantaisies mythologiques (*L'Amour charlatan, Céphale et Procris, La Métempsycose des amours*), voire la réfection d'une de ses premières pièces. Enfin, sa retraite, outre sa tragédie de *Saül*, aurait donné lieu à deux comédies, *La Belle-Mère* et *L'Éclipse*.

LA DANCOURADE

Qu'est-ce qu'une dancourade et pourquoi ce nom ? L'habitude de donner une farce après la tragédie ou la grande pièce sérieuse existait déjà du temps de Molière. La Comédie-Française en conserva le principe, mais la farce, à proprement parler, pouvait être remplacée par une courte comédie, parfois, consacrée à un débat théorique, comme *La Critique de L'École des femmes*, mais le plus souvent simplement destinée à détendre les spectateurs après une œuvre plus difficile.

Or, dès sa création, la Comédie-Française a un répertoire, double même, puisqu'il unit celui de la troupe de Molière à celui de l'Hôtel de Bourgogne, et elle y puise souvent. Sans doute, le public de la fin du XVIIᵉ siècle se complaît-il à voir redonner régulièrement les chefs-d'œuvre de Corneille, Molière ou Racine, mais il lui arrive de manifester quelque lassitude, ou quelque répugnance à dépenser son argent pour ne voir représenter qu'une œuvre déjà ultra-connue. En revanche, si la grande pièce est accompagnée d'une autre toute nouvelle, les spectateurs s'y rendent plus volontiers. La comparaison des recettes ne laisse aucun doute sur ce point : là où *Tartuffe*, seul, ne fera que trois cents livres, on peut espérer dépasser les mille livres s'il est accompagné d'une nouveauté qui plaise. La seule chose qu'on demande à ces petites pièces, c'est d'être drôles, tout en demeurant à peu près décentes.

D'autre part, chaque année, la troupe française connaît, outre les moments creux habituels de l'été, une période critique. L'été, le public a tendance à déserter le théâtre ; aussi est-ce à la fin de l'automne et en hiver que sont créées les grandes comédies ou les tragédies. Mais surtout, chaque année, à la saison de la chasse, la Cour va passer un mois au château de Fontainebleau, ordinairement de fin septembre à fin octobre. Sa résidence étant alors trop éloignée de Paris pour permettre les voyages réguliers de la troupe, deux, voire trois fois par semaine, comme c'est le cas à Versailles, le Dauphin ou la Dauphine choisissent une douzaine d'acteurs et d'actrices — naturellement les meilleurs — qui s'établissent eux aussi à Fontainebleau et y divertissent la Cour pendant toute la durée de son séjour.

On continue néanmoins à jouer dans la salle parisienne, mais le public, n'ayant plus devant lui que des doublures, boude le spectacle. La part de ce mois est en général désastreuse. D'un autre côté, les auteurs, on le comprend, n'aiment guère que l'on crée leurs pièces en cette période. Il faudrait donc quelqu'un qui ait intérêt à un succès, même relatif, à une assistance simplement honorable pour sauver la recette ; quelqu'un aussi qui, connaissant les interprètes, sache utiliser au mieux leurs possibilités, même sans faire appel aux ténors de la troupe. Pendant de longues années, cet auteur providentiel va être Dancourt.

Cependant il ne s'établit pas d'emblée dans cette fonction. Ses premières comédies jouées sur la scène française, mis à part *Le Notaire obligeant*, sorte de « chef-d'œuvre » de réception, modeste, mais destiné à montrer ses capacités, furent deux parodies d'opéras alors à la mode, *Angélique et Médor* et *Renaud et Armide*, données en été et lestement troussées. L'année 1686, même, vit quatre de ces petites comédies de notre auteur : *Le Ballet de la Jeunesse*, *Merlin la chacone*, *Le Brutal de sang-froid*, *Renaud et Armide*, jouées en janvier, mai et juillet. De même, *La Désolation des joueuses*

(1687), *La Maison de campagne* (1688), *La Folle Enchère* (1690), *L'Été des coquettes* (1690), *Merlin déserteur* (1690), *La Parisienne* (1691), *La Gazette d'Hollande* (1692), *L'Opéra de village* (1692), *L'Impromptu de garnison* (1692), *La Baguette* (1693) sont toutes — à l'exception du *Bon Soldat*, joué en octobre — des comédies de printemps ou d'été.

Cependant, en 1691, Dancourt avait écrit *Les Vendanges* ; le titre et le sujet impliquaient le moment de la représentation, elle devait être donnée en octobre. En fait, pour des raisons obscures, elle dut attendre le dernier jour de septembre 1694. Le succès en fut assez grand, mais les recettes faibles, du fait du voyage de Fontainebleau où la cour séjourna du 17 septembre au 27 octobre, et malgré tout un système d'allers et retours mis au point par les comédiens, comme déjà en 1691, pour pouvoir continuer à jouer correctement à Paris.

L'année suivante, peut-être l'apogée de la carrière de Dancourt, vit d'abord une charmante comédie, *Le Tuteur*, le 13 juillet ; les recettes demeurèrent moyennes ; mais si, le 12 août, la pièce quitte l'affiche, c'est pour laisser la place à *La Foire de Bezons*, très heureuse comédie d'actualité saisonnière, donnée naturellement pendant la durée de la dite Foire, et peut-être enrichie, en cours de représentations, de scènes issues directement d'événements qui venaient de se produire. Un appel direct à l'actualité plut beaucoup. L'été fut excellent : la part des comédiens du mois de septembre s'éleva à 564 livres, contre 72, l'année précédente (et 15 livres en 1693). Mais, le 23 septembre, c'est le départ pour Fontainebleau, où l'on restera jusqu'au 25 octobre. Pour occuper la scène parisienne, les comédiens avaient remis à l'affiche une comédie de Montfleury, « raccommodée » par Champmeslé, *Le Mari sans femme*. Les recettes continuant d'être faibles, sans attendre l'ensemble de la troupe, dès le 15 octobre, sur la lancée du succès de *La Foire de Bezons*, Dancourt donne *Les Vendanges de Suresnes*. Les commencements en furent un peu pénibles, mais dès le retour des acteurs de Fontainebleau, elle draina littéralement le public. On la joua jusqu'à la fin de l'année, souvent en alternance avec *La Foire de Bezons*, avec des recettes dépassant fréquemment les mille livres.

Ce succès devait être déterminant. Les petites comédies de circonstances continuent, mais Dancourt devient le fournisseur pour ainsi dire attitré de l'été et surtout de l'automne. Ce sont *Les Eaux de Bourbon*, en octobre 1696, *Le Charivari* et *Le Retour des officiers* en septembre et octobre 1697, *Les Curieux de Compiègne* en octobre 1698, ainsi que *Le Mari retrouvé* à la fin du même mois, *Les Fées*, données à Fontainebleau et à Paris en octobre 1699, *Les Trois Cousines*, le 17 octobre 1700, *Colin-Maillard*, le 28 octobre 1701, *L'Opérateur Barry*, le 11 octobre 1702, *Le Galant Jardinier*, le 22 octobre 1704. En 1703, la place avait été tenue par *Frontin gouverneur du château de Vertigililinguen*, d'auteur inconnu, et de très faible succès. En 1705, ce fut le tour d'une anonyme *Provençale*. En 1706, il n'y eut pas de voyage de Fontainebleau, et pas de création de Dancourt. En 1707, il donnera *Le Diable boiteux* et son *Second Chapitre*, les 1er et 20 octobre. *Les Agioteurs* verront le jour le 26 septembre 1710, *Les Fêtes du Cours* le 5 septembre 1714 et *Le Vert-Galant* le 24 octobre de la même année. Enfin, *Le Prix de l'arquebuse* le 1er octobre 1717. Comme on le voit, même lorsqu'il devient moins régulier, Dancourt reste fidèle aux rendez-vous du début de l'automne. Cela ne veut pas dire qu'il ne donne pas de comédies en d'autres saisons : *La Foire Saint-Germain* fut jouée le 19 janvier, un peu avant l'ouverture de cette Foire et *L'Impromptu de Suresnes* un 21 mai, mais il y avait à cela quelques raisons, dans les deux cas.

Il n'est pas exclu que, d'une façon générale, le moment de la représentation, devant un théâtre qu'il fallait à tout prix s'efforcer de remplir, ait influé sur la conception de la dancourade. Son objet est en effet d'abord et avant tout de plaire. Non pas d'un plaisir profond, riche de nouveaux apports et qui, au-delà du rire immédiat, ouvre des perspectives sur l'homme et la société, comme l'entendait Molière, mais d'un plaisir léger, violent, irrésistible, qui attire le spectateur par quelque chose d'audacieux et de piquant. *Les Vendanges de Suresnes*, par exemple, sont loin d'être une œuvre forte, mais bien jouées, avec leurs déguisements et leurs travestis, la performance d'un acteur qui, marchant constamment à genoux, enveloppé dans une vaste robe, tient le rôle d'une naine, elles déchaînaient le rire. Aussi fut-ce la plus jouée des comédies de Dancourt, en tout plus de cinq cents représentations. Outre ces prétextes à jeux de scène, la satire des mœurs à travers de rapides croquis et allusions à toute espèce d'actualité, notamment celle de la mode, remplit les dancourades. On la trouve partout, et il n'y a guère que *Les Vacances* et *La Fête de village* qui, au cours de cette période, ne contiennent pas de références à une actualité précise, alors que certaines autres comédies, comme *La Foire Saint-Germain*, *La Loterie*, *Les Curieux de Compiègne*, *Le Mari retrouvé*, *Le Vert-Galant*, etc., sont tout entières construites sur un événement récent ou saisonnier. Leur structure est extrêmement simple : une intrigue très banale, le plus souvent sans intérêt, permet un plus ou moins long défilé de personnages ridicules, donnant également lieu à des dialogues brillants, parfois cyniques, à quoi Dancourt ajoutera souvent un assaisonnement supplémentaire sous forme d'un paysan patoisant. Quelques comédies, même, comme *L'Opéra de village* et *Les Trois Cousines*, sont de pures paysanneries — ce qui ne veut pas dire que tout le monde y patoise, puisque, par convention, les jeunes amoureuses, quels que soient leur origine, leur milieu et leur rang, parlent français. Précisons enfin que la plupart de ces pièces, à partir de *L'Opéra de village*, se terminent par un « divertissement » chorégraphique et musical.

Cependant, quelle que soit sa liberté, la dancourade se distingue de la farce comme des pièces jouées au Théâtre Italien ou sur les tréteaux de la Foire. Son audace et sa fantaisie restent limitées. Elle peut mettre en scène des Merlin, des Crispin, des Lolive, rôles de valets, plus ou moins propriété d'acteurs illustres, mais sans obligation, et qui sont encore moins des *types*. On n'y voit ni Arlequin, ni Mezzetin — sauf, bien entendu, s'il s'agit d'un pastiche exceptionnel. En outre, ni eux ni les soubrettes, Lisette ou Marton, ne sont les personnages principaux. Cheville ouvrière de l'intrigue, certes (mais l'intrigue a si peu d'importance !), ils servent à faire valoir d'autres caractères ou plutôt d'autres rôles, expression d'un état d'esprit de la société, c'est-à-dire, somme toute, de ses mœurs : jeunes premiers peu scrupuleux, parfois cyniques, amoureuses lucides, souvent assez libres, jeunes adolescentes séduisantes et spirituelles, mais singulièrement délurées, paysans goguenards, à la fois lourds et madrés, plus toute une série de personnages importants ou épisodiques ; mères, pères, notaires, commerçants, procureurs enrichis, chevaliers d'industrie et chevaliers véritables, gascons ou parisiens, qui ne valent guère mieux que les premiers, gogos, escrocs, tout une faune, assurément plus pittoresque que vertueuse.

La dancourade, d'autre part, doit toujours conserver deux caractères qui tiennent moins à son essence qu'à l'idée que se font d'eux-mêmes ceux qui vont la jouer, les Comédiens du Roi de la Troupe Française, qui, tout marginaux qu'ils demeurent sur certains plans, ne s'en considèrent pas moins comme des *officiers* royaux, investis d'une sorte de mission de divertissement du monarque et de son peuple, et chez qui, peut-être parce qu'ils ont le privilège d'être les serviteurs de Melpomène, Thalie doit toujours garder une certaine dignité. Ces deux caractères sont justement la mesure dans les audaces, en particulier celles de langue (Rousseau reconnaissait que la langue de Dancourt était chaste, même si les idées qui s'y exprimaient étaient loin de l'être) et une certaine vraisemblance, assurément difficile à déterminer — voir *Les Vendanges de Suresnes* —, mais que l'on pourrait définir comme une constante référence aux réalités matérielles ou sociales. En dépit de conventions criantes et de déguisements peu crédibles, on n'y rencontre point de ces *lazzis* gratuits, qui faisaient le succès des Italiens, point de ces arlequinades énormes, enrichies d'équivoques scatologiques ou pornographiques, chères au théâtre de la Foire. Quelle que soit la distance prise parfois avec Molière, qui ne cesse pas d'être le Maître, par tous révéré, on conserve la grande règle de *La Critique de L'École des femmes* : faire des portraits qui ressemblent ; et le grand objectif : faire rire les honnêtes gens.

D'ailleurs, les honnêtes gens veillent, et l'on peut dire que Dancourt pousse l'audace à la limite. Ne parlons pas des reproches d'immoralité que lui adresse Jean-Jacques Rousseau, ennemi de tout théâtre, ni de ceux dont les critiques de l'Empire et de la Restauration, époques officiellement vertueuses, se feront l'écho ; mais il arrivera, en plein siècle des Lumières, à un amateur éclairé et nullement pudibond, comme René d'Argenson, de trouver, à l'occasion de reprises, que Dancourt exagère, et que telle scène serait mieux venue à l'Hôtel de Bourgogne ou à la Foire que sur le Théâtre-Français. Il lui arrivera aussi inversement, il est vrai, de déplorer que l'on ait perdu de son temps la franche gaîté des comédies de Dancourt [16].

On s'interroge parfois aujourdhui sur le niveau de cette vraisemblance : peinture naïve (c'est-à-dire simple caricature), métaphore, ou bien mythe ? Il n'est sans doute pas interdit de voir une signification profonde dans ce type de comédie, où abondent, certes, les structures psycho-sociales d'ordre purement théâtral, comme la joie du veuvage, et l'acceptation du mariage dans cet unique espoir. Le vieillard libidineux — entendons : qui veut épouser une jeunette — est lui aussi un poncif, même si Dancourt inverse souvent les sexes. Le financier ridicule, le noble ruiné, la bourgeoise ambitieuse sont déjà sinon des lieux communs littéraires, au moins des clichés à l'état naissant. Mais c'est une erreur de ne voir dans le théâtre de Dancourt qu'une expression figurée des désirs profonds de l'homme. Il n'est pas moraliste en ce sens-là. Il y a chez

lui autant de vérité superficielle que chez La Bruyère. C'est
un peintre de mœurs — qui sait fort bien que la bonne comédie ne se fait pas avec de bons sentiments, que la comédie de
mœurs se nourrit des défauts de la société, comme celle de
caractère des vices de l'individu. Il n'y a aucune raison de
penser que la chasse au plaisir, à la fortune, aux honneurs soit
sans réalité et ne prenne pas les formes que leur donne
l'auteur. Cent témoignages l'affirment. Quant au trafic
d'argent, dans n'importe quelles archives on en ramasse à
pleines mains les preuves.

Toutefois, il faut faire une exception : s'il est un milieu présenté d'une façon relativement mythique, ou tout au moins à
travers la création de *types* véritables, ce sont les paysans.
Certes, Dancourt n'est pas le premier introducteur de ce personnage sur la scène. Cyrano de Bergerac, dans *Le Pédant
joué*, puis Molière, plus d'une fois, y ont eu recours, mais
Dancourt l'a généralisé et, tout en lui conservant sa variété,
uniformisé. Uniformisation modérée du caractère, ce qui leur
laisse de la vie, mais uniformisation totale du langage. Le parler paysan est un élément essentiel du discours comique de la
dancourade. On pourrait dire qu'il est le mieux structuré de
tous les types d'expression qu'on peut rencontrer dans ce
genre de comédie, dans la mesure où il obéit à un certain
nombre de lois, toutes conventionnelles et toutes semblables,
quelle que soit l'origine du locuteur, l'Ile-de-France, l'Auvergne
ou les environs de Lyon. Ces lois sont d'ailleurs sommaires, et
constituent une sorte de κοίνη qui représente très approxima-
tivement le patois d'Ile-de-France, tel qu'on peut le trouver,
par exemple, dans les *Agréables Conférences*. Ils aboutissent à
un parler type, dont voici les caractères principaux [17] :

— La phonétique est marquée essentiellement par le passage
du son /ɛ/ au son /a/ en position entravée : *Jarbes* (gerbes),
*parché, farmer, charché, vars, parsonnes, accoutez, je var-
roys, marveilles*, etc. ; par des diphtongaisons : *Biau, hoube-*

riau, les yaux, seigner, etc. ; par des nasalisations inhabituelles : *N'an* (on), *bian* (bien), *il viant*.

— La morphologie se traduit par un certain nombre de formes anomales, dans les verbes : *laississe, vous aviais, qu'on l'aimît, je m'en vas*, et, bien sûr : *j'allons, je sommes, ils avont, je demandons*, etc. ; dans les pronoms : *Queu* (quel), *queuque* (quelque), *ly, l'y* (lui), *sti* et *stilà* (celui, celui-là), ou d'autres espèces de mots : *Depis, velà* ou *v'là, cheux* (chez), *des poumoniques*, etc.

— Le vocabulaire se caractérise par des archaïsmes : *bailler, bouter*, très employés, *oysel, ravaindre, oui-dà*, par l'emploi de *itou*, mais surtout par des jurons nombreux et à terminaison particulière : *morguoy* ou *morgué*, ou *morguenne, tâtigué, ventregué, parguenne, palsanguoy*, etc.

— Mais ce sont principalement les tournures qui donnent son aspect paysan à ce parler ; mots utilisés avec une certaine inexactitude ; la *manigance, un futé manœuvre, deux bons mascarades* (masques), et un certain nombre d'expressions figurées, souvent basses, à allure vaguement proverbiale : *ils ne gagneront pas de l'eau, queuque tour de maître Gonin, je lui tirions les vars du nez, les yaux opéront que c'est des marveilles, c'est un drôle de corps que votre père, votre père est un vilain marle, je vous bouterois dans ma chemise*, ou des expressions redondantes : *pour ce qui est d'en fait d'en cas d'ça...*, etc.

Dans cette conception de la pièce chargée de clore le spectacle, il faut faire une place aux *divertissements* [18]. Si Dancourt prévoit quelques couplets à la fin de ses comédies, si les comédiens en commandent la musique, le plus souvent à Gilliers, et se sont acquis la collaboration du danseur Touvenel et de certains de ses camarades, c'est que ces chants et ces danses permettent non seulement à la comédie, mais au spectacle tout entier de s'achever dans l'euphorie, et, plus ou moins cons-

ciemment, par la mesure et la cadence qui s'installent alors
sur le théâtre, sauvent à la fois la dignité et la bonne humeur.

LES TEXTES

La Comédie-Française possède un certain nombre de manus-
crits de souffleur des pièces de Dancourt, en général de peu
d'intérêt. Il n'en existe ni pour *La Maison de campagne*, ni
pour *La Foire Saint-Germain*. Quant au cas tout particulier
des *Eaux de Bourbon*, nous en reparlerons plus loin.

Les éditions de Dancourt ne présentent pas non plus, en
général, de variantes intéressantes. Il confie ses pièces d'abord
à Michel Guéroult, puis publie *La Maison de campagne* et
L'Été des coquettes chez la Veuve Gontier ; ensuite, son édi-
teur est Thomas Guillain, puis Pierre Ribou à partir de 1697.

L'édition collective de Th. Guillain, en 1693, *Les Œuvres
de M. Dancourt*, 1 vol., in-12, et celle de P. Ribou, *Les
Œuvres de M. Dancourt*, 1698, 5 vol., in-12, reprise et
complétée en 1705, 1706, 1708, ne sont que des recueils factices, sans pagination d'ensemble. La première édition collective
véritable, soignée, avec page de titre bicolore, est celle de P.
Ribou, *Les Œuvres de M. d'Ancourt. Seconde édition aug-
mentée de plusieurs comédies qui n'avaient point été imprimées, ornées de figures en taille-douce et de musique*, Paris,
1711, 7 vol., plus un tome 8, portant la date 1714. On verra
que les variantes par rapport à l'édition originale sont rares et
peu significatives ; elles semblent dues plus à l'inattention de
l'imprimeur qu'à une révision de l'auteur. A peine constate-
t-on quelque volonté de modernisation parfois dans l'orthographe, mais aussi, dans les répliques en patois, quelques graphies
plus archaïsantes (*morguoy* au lieu de *morguoi*, par exemple).

Comme la présente édition modernise l'orthographe, ces variantes insignifiantes ne seront pas signalées.

A l'étranger, il faut noter l'édition par Foppens, à Bruxelles, en 1698, des *Œuvres de M. Dancourt*, 3 vol., contenant l'ensemble des comédies, à l'exception de *La Folle Enchère* et de *La Femme d'intrigues*, mais enrichie de *La Coupe enchantée*, qui lui est faussement attribuée. En 1711-1712, J. de Grieck publie à Bruxelles une *Élite des comédies les plus divertissantes de M. Dancourt*, contenant *Le Notaire obligeant*, sous ce titre, et aussi quelques pièces d'attribution erronée. La plus intéressante de ces éditions est celle de Foulque, puis Sivart, à La Haye : *Les Œuvres de M. Dancourt contenant les nouvelles pièces de théâtre qui se jouent à Paris, ornées de danses et de musique*, 8 vol., in-12, frontispice gravé différent pour chaque volume. Les vol. I à VI sont marqués E. Foulque, 1706, les vol. VII et VIII J. Sivart, 1716 et 1717. Cette édition contient les œuvres habituelles de Dancourt, dont *Le Notaire obligeant* sous ce titre, mais aussi un certain nombre d'autres comédies de Boindin, Champmeslé, Regnard, etc.

Après la mort de Dancourt, la Veuve Ribou d'abord, Pierre de Bats ensuite firent des éditions complètes, mais en 1742 les Libraires Associés présentèrent une « Quatrième édition revue et corrigée » en 8 volumes in-12, qu'on peut considérer comme l'édition définitive de Dancourt. Elle fut reprise par les mêmes Libraires en 1760 : *Les Œuvres de théâtre de M. Dancourt. Nouvelle édition revue et corrigée*, 12 vol. in-12. Celle-ci contient les mêmes pièces que la précédente, mais comporte en plus les airs gravés des divertissements. Pour les trois comédies publiées ici, nous suivons le texte de 1711.

L'orthographe a été résolument modernisée, sauf dans les répliques en patois où nous l'avons conservée toutes les fois qu'elle risquait d'être significative (nous écrivons *Je sais* au lieu de *Je sçai*, mais nous conservons *Je connois*). De la ponctuation, nous n'avons modifié que ce qui ne serait plus admissible aujourd'hui, ou ce qui nous a paru incohérent (l'emploi des points d'interrogation et des points d'exclamation, par exemple).

LA MAISON DE CAMPAGNE

L'année 1688 marque la fin d'une période douloureuse et de grande inquiétude pour les Comédiens-Français. Chassés de l'Hôtel Guénégaud par un arrêt du Conseil en date du 20 juin 1687, qui mettait fin à leur bail, en principe sous trois mois [19], les comédiens ont cherché, pendant près d'un an, un endroit où s'établir. Plusieurs projets durent être abandonnés, en général à cause de l'hostilité des curés de Paris, qui ne voulaient pas de théâtre sur leur paroisse ; d'autre part, ils ne bénéficiaient plus d'aucune bienveillance du roi, vieilli et devenu dévot. Enfin, le 1er mars 1688, un arrêt du Conseil d'État permet leur installation au jeu de paume de l'Étoile, rue Neuve des Fossés Saint-Germain. Ils y aménagèrent un théâtre définitif, beau et très moderne, mais coûteux, qui devait grever leur budget pendant très longtemps [20], heureux, cependant d'être enfin délivrés de leurs angoisses. Ils s'y installèrent le 18 avril 1689.

Au cours de ces années difficiles, où La Grange, Raisin, Le Comte ont durement bataillé pour défendre les intérêts de la Compagnie, Dancourt ne semble avoir participé à aucune démarche particulière. Il n'a, il est vrai, que vingt-sept ans, et n'est dans la troupe que depuis deux ans. Cependant, il lui a déjà fourni un certain nombre de comédies, fort utiles à sa trésorerie, en particulier, au cours de cette période pénible, *La Désolation des joueuses* (23 août 1687) et *Le Chevalier à la mode*, donné, comme il sied à une grande pièce, le 24 octobre de la même année. *La Maison de campagne*, au contraire, jouée le 27 août 1688, est l'une de ces petites comédies d'été, écrites pour lutter contre la désaffection du théâtre en cette saison. C'est l'avant-dernière pièce de Dancourt donnée à l'Hôtel Guénégaud [21].

La comédie est assez longue : un seul acte, mais trente-trois scènes [22]. L'intrigue en est simple : un procureur parisien enrichi a acheté une maison de campagne — que nous appellerions un château — aux environs, our y passer l'été, mais excédé des dépenses qu'elle lui cause, car tous ses amis et voisins s'y invitent à l'envi, encouragés par sa femme, heureuse d'avoir une agréable compagnie, ou amenés par son fils, il décide de transformer sa maison en auberge et d'accueillir lui-même ses clients... à tant par tête ! L'idée était heureuse et permettait des scènes amusantes, voire burlesques, mais Dancourt l'exploite peu. L'apparition de M. Bernard en cuisinier ou aubergiste n'a lieu qu'à la scène XXIX et son seul effet est de provoquer la colère des hobereaux du voisinage invités par son fils. Heureusement, le jeune amant de Mariane, fille de M. Bernard, est d'un rang assez haut et a un oncle assez puissant pour tout arranger et éviter duels et procès, M. Bernard ayant commis, par l'intermédiaire de son portier, un grave délit de chasse. L'idée même de la transformation de la maison en auberge est tardive. Bref, on passe directement de la péripétie au dénouement. En revanche, jusque-là, on assiste à un défilé de personnages pittoresques. Après quelques scènes d'exposition entre Éraste, Mariane, Lisette et La Flèche — les amants et le couple des valets —, c'est l'apparition du portier de M. Bernard, le paysan Thibaut, le premier des nombreux paysans de Dancourt, qui inaugure ces dialogues plaisants, appelés à une grande fortune dans ce théâtre, où l'un des personnages patoise tandis que l'autre parle un français correct. Puis on annonce au maître de la maison la venue d'officiers invités par son neveu, capitaine, qui lui envoient du gibier (un faisan et quelques perdreaux pour quatre invités), gibier qu'au surplus ils ont tué, avec beaucoup d'autre, sur ses propres terres.

Défilent ensuite un marquis gascon, haut en couleurs, qui

reconnaît dans un baron, voisin encore discret, un de ses amis d'enfance et va l'inviter à s'établir chez son hôte pour plusieurs jours, avec des dames de sa compagnie. Le marquis agit d'ailleurs en maître chez M. Bernard et y règle les menus. Puis on annonce une comtesse, dont le carrosse vient de verser dans les chemins mal entretenus par suite de l'avarice de M. Bernard, et qui devra donc attendre chez lui que son carrosse soit réparé. Une carriole amène alors un petit cousin et sa sœur, que leur mère envoie en convalescence prendre l'air pendant quinze jours en se nourrissant de « petits potages » et de « petites perdrix », avant d'arriver elle-même avec le reste de sa famille, le lendemain. On ne la verra d'ailleurs pas plus que la Comtesse, ces personnages restent dans le lointain.

Transition inattendue : Thibaut vient de tuer un cerf qui s'était réfugié dans l'étable du château. En fait, cet apport inopiné de venaison sera cause de scandale : on ne tue pas un cerf poursuivi par des chasseurs, c'est un grave délit de chasse. En outre, la meute laboure le jardin et vole le souper tout prêt dans la cuisine. C'est alors, à la scène XX, que M. Bernard conçoit et décide d'appliquer le fameux projet de faire de sa maison une auberge. En conséquence, à la scène XXVII, après quelques rappels de l'intrigue, prétexte à exhiber un naïf ou un faux naïf (le cousin), M. Bernard accueille fort aimablement son fils, qui lui annonce timidement de nombreux visiteurs. Le dialogue, amusant, repose sur un malentendu, le fils n'étant naturellement pas au courant du projet de son père et ne s'attendant pas à être si bien reçu. La scène XXIX est une conversation pleine de naturel entre le fils, Dorante, et trois « houbereaux » de ses amis, lorsque paraît M. Bernard en cuisinier. Surprise, colère et menaces des hobereaux, consternation de Dorante. M. Bernard et son ami Griffard se réjouissent du succès du stratagème, mais à tort, car le meurtre du cerf peut avoir des conséquences graves. Heureusement le capitaine des chasses de la région est l'oncle d'Éraste et acceptera de tout arranger si son neveu obtient la main de Mariane. Il accepte même de racheter la maison de campagne, dont son propriétaire ne veut plus. Faiblesses d'intrigue, conversations banales d'amoureux, tout cela est emporté dans le mouvement, la vie, le pittoresque et la variété des séquences.

La Maison de campagne demeure une œuvre originale, bien qu'elle ne soit pas sans emprunts ni réminiscences. La scène des hobereaux a pu être suggérée à Dancourt, comme le note Lancaster, par *Les Nobles de province*, d'Hauteroche, publiés en 1678. Le thème central de la pièce peut venir de la scène du festin dans *L'Avare* : le pingre entraîné malgré lui à la dépense, d'une façon plus diffuse, évidemment et avec beaucoup moins de force. La conversation entre M. Bernard et son fils, à la scène XXVII, peut provenir du malentendu, bien connu entre Harpagon et Cléante (IV, 5), malentendu à sens unique ici, et sans entremise d'aucun maître Jacques, encore que, un peu plus loin, le déguisement en cuisinier rappelle le personnage. Enfin, une réplique est purement démarquée des *Femmes savantes* : « Je m'en vais être homme à la barbe de ma femme. » [23]

Ce défilé de personnages pittoresques, qui n'a qu'une présence atténuée dans *Le Chevalier à la mode*, existait déjà sous sa forme burlesque dans *Les Nouvellistes de Lille*, où l'on voyait successivement un Gascon, un Flamand, un bredouilleur, un faux Suisse, mais ces scènes n'étaient que l'occasion de faire jargonner des personnages, sans le moindre souci de réalisme ni de vérité. En revanche, *La Désolation des joueuses* avait porté la méthode à la perfection, en faisant non pas se succéder, mais se rencontrer dans un salon, par arrivées successives, un trafiquant de bijoux, une comtesse, un bel esprit, une intendante, un caissier, une sorte de Don Juan philosophe, un marquis, un faux chevalier, chacun réagissant, selon sa fonction et son caractère propre, d'une façon différente à l'interdiction du lansquenet.

La structure de *La Maison de campagne* ne présente pas un groupement aussi ferme. Plus linéaire, elle oblige à des scènes de rappel pour que l'intrigue ne s'y perde pas tout à fait de vue. La plupart des personnages y sont épisodiques, certains faibles — sans parler des amoureux, on ne peut plus conventionnels —. Les querelles entre Mme Bernard et son mari manquent de force et ne présentent aucun caractère particulier. M. Griffard n'est que le pâle confident de son ami, M. Bernard. Celui-ci le tutoie, mais ce tutoiement n'est pas réciproque : on peut en déduire une infériorité sociale. M. Bernard étant procureur, M. Griffard pourrait être son premier clerc, ou, plus vraisemblablement, d'après son nom, un greffier. Nom qui, d'ailleurs, s'il indique en lui un homme de loi, n'est aucunement justifié par ses actes. Peut-être faut-il attribuer à ces négligences le succès assez médiocre de la pièce.

Lorsqu'il publie sa comédie, chez la Veuve Gontier, en 1691 seulement, Dancourt l'accompagne d'une dédicace à Madame Deshoulières, où il déclare que le grand succès qu'il a obtenu est dû à l'approbation que celle-ci lui a manifestée [24]. Ce « grand succès » est une vision optimiste. En fait, il est de beaucoup inférieur à celui de *La Désolation des joueuses*. *La Maison de campagne* fut jouée vingt fois de suite, jusqu'au 13 octobre, mais avec des recettes médiocres, ne dépassant qu'une seule fois 1 200 livres (le 29 août, avec *Le Cid*) mais autrement n'atteignant jamais 1 000 livres. Souvent, elle demeure au-dessous de 500, huit fois dans les 300 ou 200 [25]. Malgré cette faiblesse relative, la part d'août fut de 384 L 15 s., celle de septembre de 235 L 5 s., celle d'octobre de 304 L 5 s., montant très honorable pour l'été ou l'automne.

Sa comédie rapporta à Dancourt 426 L 5 s. *La Désolation des joueuses* lui avait rapporté d'abord 497 L 15 s., guère plus. Mais *La Désolation* n'avait pas eu de chance : elle avait été jouée quatorze fois de suite, avec une interruption de huit jours, due à un voyage du Dauphin à Anet, et interrompue le

6 octobre par le voyage de Fontainebleau, avant d'être tombée
dans les règles. Aussi les comédiens avaient-ils décidé de faire
à l'auteur un présent de « quinze louis d'or neufs » pour com-
penser son manque à gagner [26].

Il serait sans doute exagéré de dire que *La Maison de campagne*, après *La Désolation des joueuses* et *Le Chevalier à la
mode*, marque une déception du public, mais peut-être
l'impression d'une stagnation et une expectative. Ce n'est pas
La Dame à la mode, le 3 janvier suivant, qui la comblera,
malgré des recettes honorables. D'Argenson (*op. cit.*, p. 180)
porte sur la pièce un jugement mitigé : « Dancourt excelle
toujours à dépeindre les mœurs bourgeoises à la campagne. Il
a dépeint ici à merveille, quoiqu'avec un peu trop d'excès,
l'inconvénient dispendieux d'une maison trop jolie et trop fréquentée. Le dénouement est tout au plus ridicule. »

La Maison de campagne fut jouée deux fois à Versailles :
le 29 novembre, lors du premier voyage de la troupe, avec
Britannicus, ce qui prouve un certain désir de la voir, et une
autre fois, le 11 janvier 1689. Elle fut reprise à la Comédie-
Française pour douze représentations, en 1958.

Qui jouait dans *La Maison de campagne* ? Pour le calcul
des feux [27], les Registres donnent la liste des acteurs qui ont
participé à chaque spectacle, mais sans précision. C'est ainsi
que, le 27 août, nous ne savons pas qui joua dans *Bérénice* et
qui joua dans la pièce de Dancourt. Néanmoins les Registres
contiennent quelques renseignements. On lit, à la date du 27
août, comme frais généraux de *La Maison de campagne* :

1 habit de louage pour M. de Sévigny	20 s.
à l'assistant [?]	10 s.
Des bottes de louage pour M. Du Perrier	20 s.
Louage des bottes de M. de la Grange	1 L

D'autre part, à propos du premier voyage de Versailles, on
lit :

« On y a joué les rôles (acteurs dont on a joué les rôles : Mrs Du

Perrier, un houbereau, De la grange, le baron, Le Comte, un houbereau). »

On peut donc en déduire que Du Perrier faisait un des « houbereaux », Le Comte aussi. La Grange aurait joué le rôle du Baron (Dancourt devait parfois le tenir, plus tard). On peut supposer que l'habit de louage de Sévigny devait être un habit de chasse. Les autres acteurs du 27 août étaient Guérin, Beauval, de Villiers, Roselis, Desmares, Champmeslé, Raisin l'aîné, Raisin cadet, La Thorillière, Mlles Beauval, Champmeslé, Dancourt, Poisson, Le Comte, Deshaies [28].

Nous pouvons peut-être éliminer la Champmeslé, qui jouait évidemment Bérénice, et son mari, tragédien estimé [29]. Pour le reste, on peut supposer, sans trop d'invraisemblance, que Thérèse Dancourt tenait le rôle de Mariane. Quant à Thibaut, on hésite entre Rosélis et Desmares. De Villiers pouvait faire le Marquis gascon (c'était une de ses spécialités, comme pour Desmares les rôles de paysan). Ajoutons Mlle Beauval en Lisette, et ne nous aventurons pas davantage dans nos suppositions, elles deviendraient beaucoup trop hasardeuses.

LA FOIRE SAINT-GERMAIN

S'il fallait désigner une période précise comme sommet de la carrière de Dancourt, ce serait sans aucun doute celle qui s'étend de Pâques 1695 à Pâques 1697, et, avec plus de précision encore, la première de ces deux années. C'est d'ailleurs également une bonne période pour les comédiens : l'exercice 1694-95 n'avait mis la part d'acteur qu'à 2.530 livres environ ; mais celle de 1695-96 s'élève à 4.925 livres, et celle de 1696-97 à 3.955 livres 4 sols. Par suite de la date de Pâques, le premier exercice, il est vrai, a treize mois, le deuxième onze seulement, ce qui fait, pour ces deux années, une moyenne de

4.440 livres. Part fort honorable, si l'on songe que la pension royale, les revenant-bons et soixante-six livres par « chambrée », c'est-à-dire par recette, sont mis de côté pour payer les dettes de « l'établissement » rue des Fossés Saint-Germain. La Compagnie a du reste fait différents placements : 18.000 livres au Trésor royal, en 1695, au denier dix-huit, 3.000 livres en armement en 1696. Et, si elle accepte de vendre, en septembre 1695, trois ordonnances de 6.000 livres chacune pour 12.000 livres seulement [30], c'est probablement moins poussée par le besoin que parce qu'elle espère y gagner.

Quant à Dancourt, il a pris conjointement avec sa femme une décision héroïque — d'où n'est peut-être pas absente quelque intention de fraude ou d'abus de confiance — pour régler ses dettes. Entre le 22 mars et le 10 avril de cette année-là, il a accepté d'abandonner à ses créanciers sa part entière, à l'exception de 1.500 livres, et sa femme un quart de sa propre part. Mais Dancourt a compris dans cet abandon de sa part ce qui lui revient de la pension royale et les 66 livres *a priori* mises de côté chaque jour pour « l'établissement ». Les comédiens réagissent et obtiennent que ces deux éléments n'entrent pas en ligne de compte, puisqu'ils sont considérés comme n'appartenant plus à un comédien particulier, mais à la compagnie tout entière. N'empêche que Dancourt en a fini des poursuites, discussions, transactions, saisies, sequestres, qui avaient empoisonné sa vie au cours des années précédentes. Est-ce sa liberté d'esprit retrouvée qui lui donne alors une fécondité exceptionnelle et stimule son génie, lui permettant d'écrire sept comédies en deux ans ? On ne saurait l'affirmer, car il semble que les eaux troubles n'ont jamais effrayé notre auteur. Mais enfin, l'année 1695 est pour lui particulièrement bénéfique. Il donne d'abord, le 13 juillet, *Le Tuteur*, charmante fantaisie nocturne d'été — qui n'est pas, peut-être, sans avoir apporté quelques éléments au *Mariage de Figaro* —, dont on interrompit les représentations le 12 août, pour jouer, le 13, *La Foire de Bezons*, au cours même de la dite Foire.

Le succès en fut énorme. Elle se donna jusqu'au 20 février 1696 avec part d'auteur, et rapporta à Dancourt 1.749 L 12 s. Enfin, pendant le voyage de Fontainebleau, sans attendre le retour des comédiens, du fait que *Le Mari sans femme*, « raccommodé » par Champmeslé [31], attirait peu le public, Dancourt fait jouer, le 15 octobre, *Les Vendanges de Suresnes*. Nouveau succès : la pièce la plus souvent représentée de Dancourt lui rapporta 1.851 L 19 s., le gain le plus fort de tout son théâtre. Au cours de cette année 1695, il est d'ailleurs l'auteur à la mode, joué plus de cent fois à la Comédie-Française, plus que Molière, record qu'il gardera en 1696, mais perdra ensuite à tout jamais. C'est dans ce contexte qu'il donne, le 19 janvier 1696, pour remplacer *L'Aventurier*, de Donneau de Visé, dont le succès était médiocre, sa quatrième comédie de la saison théâtrale, *La Foire Saint-Germain*.

La Foire Saint-Germain était la plus célèbre des deux grandes foires de Paris, l'autre étant la Foire Saint-Laurent [32]. Remontant à 1482, mais plusieurs fois réglementée par des ordonnances royales, elle se tenait tous les ans, du 3 février au dimanche de la Passion, en principe, mais était souvent prolongée. Les frères Parfaict, dans l'Introduction de leurs *Mémoires pour servir à l'histoire des spectacles de la Foire*, la décrivent ainsi, d'après Henri Sauval :

« Cette Foire est entre les rues Guisarde, du Four, des Boucheries, des Quatre-Vents, de Tournon et des Aveugles [33].

Ce sont deux Halles, longues de 130 pas, larges de 100, composées de vingt-deux travées et couvertes d'une charpente fort exhaussée, où les gens du métier admirent quantité de traits de leur art, très célèbre autant par sa grandeur que par sa magnificence ; car c'est peut-être le plus grand couvert qui soit au monde.

Neuf rues tirées à la ligne la partagent en 24 isles et sont bordées de tant de loges que le nombre en est surprenant. Deçà et delà, on a répandu des cours et des puits, pour remédier aux accidents du feu. On apprend des anciens plans de Paris qu'elle était isolée autrefois ; présentement d'un côté à l'un des bouts, elle tient à des maisons particulières. Autour du reste règne une grande place vide, où l'on entre par trois grandes rues, savoir celle des Quatre-Vents, celle des Boucheries, et celle qu'on nomme la rue du Four ; et de là dans la Foire par sept autres grandes portes, où ses principales rues viennent aboutir. Dans ses rues les plus éloignées, les Marchands en gros de Draps, de Serges, et autres choses à peu près semblables vendent leur marchandise dans les huit premiers jours de la Foire. Dans celles qui y tiennent, sont épars çà et là ceux qui vendent en détail des verres et de la fayence, de la porcelaine, et autres mesmes Marchandises. Mais les principales sont pleines d'Orfèvres, de Merciers-Bijoutiers, de Lingères et de Peintres ou Marchands de tableaux. Mais ce qui est de particulier à cette Foire ici et de merveilleux tout ensemble, est qu'elle est aussi fréquentée la nuit que le jour ; de sorte que tous les jours elle change de face deux fois, si différentes qu'il semble que ce soit deux Foires, et non pas la même. De jour, on dirait qu'elle n'est ouverte que pour le Peuple, qui y vient en foule ; et la nuit pour les personnes de qualité, pour les grandes Dames, et tous viennent là pour jouer et se divertir, de sorte que ce lieu est moins une Foire qu'un Palais enchanté ; où tout le beau monde se trouve rassemblé, comme à un rendez-vous. » (Introduction, p. XX-XXVI)

Sauval enchérissait encore sur ces descriptions, précisant :

« Dans les Loges et maisons des Peintres, on voit une infinité de tableaux entassés et placés les uns sur les autres ; dans les rues de la Lingerie et de la Mercerie, se trouvent non seulement plus de toiles et de dentelles, plus de galanteries et d'affèteries qu'on ne saurait s'imaginer, mais encore tous ces vains amusements du luxe et de la volupté que les Marchands, au péril de leur vie, vont chercher à l'extrémité des Indes, dans la Chine et dans le Nouveau Monde. »

Mais tout cela n'est rien, comparé à ce qui se vend dans la rue de l'Orfèvrerie :

« Ses loges se font admirer par ces grands et riches miroirs, par ces lustres de cristal, ces bijoux d'or et d'argent mis en or à ravir ; enfin par une infinité de pierreries et tant d'autres richesses pour la magnificence. »

Les grandes rues longitudinales portaient les noms de rue de la Lingerie, de la Mercerie, de la Chaudronnerie, rue de Picar-

die, rue de Paris, rue de Normandie. Les rues traversières
semblent avoir porté les noms des métiers qui y avaient leur
stand (rue aux Orfèvres, aux Tabletiers, aux Faïenciers, etc.).
Assurément, entre la construction des grandes halles, à la fin
du XVe ou au début du XVIe siècle, et l'incendie qui la détrui-
sit en 1762, l'aménagement intérieur de la Foire a dû connaître plusieurs modifications, toutes les cloisons, à l'exception
des murs de refend, étant en bois. C'est ce qui ressort des
différents plans que l'on peut consulter. L'espace découvert, le
« préau », lui-même, vit la construction de « loges démonta-
bles », dites « loges ambulantes », et de rues : grande rue de la
Ferronnerie, rue du Milieu-Pottière, rue de la Vannerie, rue
Gaufrière, rue de Beauvais, ainsi que d'une halle aux draps et
d'une halle à la filasse, sans doute postérieurement à notre
époque. Des sept portes de la Foire, trois donnaient au nord,
quatre à l'est, mais il existait aussi une issue directe, sans passer par le préau, sur la rue Guisarde.

Les loges, qui appartenaient à l'origine à l'abbaye de Saint-
Germain, avaient, au cours du temps, été vendues à des parti-
culiers, qui les louaient 180 livres, pour la durée de la foire. Il
ne restait plus à l'abbé que « la seigneurie, six deniers de cens,
et trois livres de rente sur chaque loge, les lods et les ventes
et autres charges de peu de conséquence, que ses devanciers se
sont réservés » (Parfaict, *op. cit.*, p. XXVI-XXVII). Ces loges, au
nombre de 416 mesuraient neuf pieds en carré (environ 9 m²)
et comportaient au-dessus de la boutique du rez-de-chaussée,
une chambre à l'étage, de même dimension. Ce n'était d'ailleurs qu'une division administrative, les forains en louaient
souvent plusieurs, ou même les fractionnaient. Au XVIIIe siècle, les troupes théâtrales des « danseurs de corde » consti-
tuaient de véritables salles par location de plusieurs loges jux-
taposées. Il existe une vue cavalière idéale de la Foire, datant
du XVIIe siècle : la toiture est supposée enlevée, et la disposition des corps de métiers est peut-être assez fidèle, encore
qu'on ne compte que vingt îlots au lieu de vingt-quatre. Un

effroyable incendie la ravagea en mars 1762. On la reconstruisit après avoir hésité entre différents plans, mais, bien qu'elle ait duré jusqu'à la Révolution, elle connut un réel déclin. Outre les commerces, la Foire comportait beaucoup d'attractions variées : acrobates, jongleurs, magiciens, marionnettes, montreurs d'animaux savants ou sauvages, et, après 1697, les fameux « théâtres ».

Porter sur la scène un quartier de Paris n'était pas nouveau. Corneille avait donné l'exemple avec *La Galerie du Palais* et *La Place royale*. A la même époque, Guérin de la Pinelière, en 1635, avait justement donné une *Foire Saint-Germain* à l'Hôtel de Bourgogne. Y auraient joué Guillot-Gorju et Gros-Guillaume en orfèvre. On peut donc supposer une comédie assez burlesque. Mais sa véracité avait frappé les contemporains, puisqu'une publication du temps, *L'Ouverture des jours gras*, la présente comme « une image parfaite et accomplie de la dite foire. » Selon Mahelot, on voyait sur la scène la boutique d'un joaillier, d'un peintre, d'un confiseur et d'un marchand de tissu. Plus tard, en 1682, Champmeslé avait fait un croquis pittoresque de la rue Saint-Denis, dans la petite pièce qui porte ce titre.

Mais il ne faut pas chercher si loin : la raison d'être de *La Foire Saint-Germain* est précise. Le succès de *La Foire de Bezons* avait donné aux Italiens l'idée de jouer un *Retour de la Foire de Bezons*, comédie en un acte de Gherardi — ou, plus probablement, de Fatouville —, le 1er octobre 1695, dans laquelle l'auteur rend d'ailleurs hommage à Dancourt et au talent de ses filles. Un peu plus tard, le 26 décembre, peut-être en raison du succès de ces comédies de foire, les mêmes Italiens donnent une comédie en trois actes, de Regnard et Dufresny, *La Foire Saint-Germain*. On y voit les types habituels : Arlequin sous plusieurs déguisements, Scaramouche, le Docteur, Octave, Angélique. Le thème est de dégoûter le Docteur d'Angélique qu'il veut épouser, en lui faisant croire qu'elle n'est pas sage et qu'il sera cocu. La pièce vaut par ses

jeux de théâtre, mais utilise les attractions de la Foire : les
bouches de vérité, le cadran du zodiaque, les théâtres, le sérail
de l'Empereur du Cap-Vert. La première scène est une suite
de *cris de Paris*, ponctués de *lazzis* : les marchands de la foire
crient leur marchandise : chemises de Hollande, robes de
chambre, couvertures de Marseille, fromage de Milan, tandis
qu'un petit pâtissier, qui vend des « ratons » clame entre chaque annonce le prix de ses « ratons » : « A deux liards ! »
Arlequin croyant que ce prix est celui de tous les articles,
achète tout ce qu'on lui présente : on lui enfile la chemise, la
robe de chambre, on pose sur lui la couverture, etc. Finale-
ment, il prend trois ratons, donne une piécette au pâtissier en
le chargeant de payer les autres vendeurs avec le surplus, et
s'enfuit, poursuivi par les marchands. Toute la comédie est
sur ce ton de gaîté exubérante, habituelle à ce théâtre, où les
éléments empruntés au réel sont immédiatement emportés
dans la verve la plus fantaisiste. La pièce fut bien accueillie.

Pourquoi Dancourt n'aurait-il pas, à son tour, imité ses imi-
tateurs et écrit une *Foire Saint-Germain* à la française, c'est-à-
dire plus fine, plus réaliste et surtout plus logiquement cons-
truite ? En fait, il prend seulement aux Italiens l'idée de faire
intervenir dans le déroulement de la comédie les attractions de
la Foire.

Le rideau se lève sur un décor de boutiques : quatre marchandes et un marchand font l'article. Beaucoup plus que la
séquence burlesque des Italiens, cette scène première est imitée
des scènes 4 à 6 de l'acte I et de la scène 13 de l'acte IV de
La Galerie du Palais. On retrouve simplement les robes de
chambre et les bonnets de la *Foire* italienne. Le reste est d'un
autre ordre. Les *lazzis* sont remplacés par un jeu tout en
finesse : c'est aux messieurs que la vendeuse de tabliers et de
fichus fait l'article, et c'est aux dames que s'adresse celle de
tabatières, de cannes, de cordons de chapeau et de nœuds
d'épée. Un faux Arménien, lui, offre des liqueurs. Arrivent
alors les personnages principaux : un Chevalier Gascon et sa

sœur Urbine, qui réclame l'exécution d'une promesse de mariage que lui a faite le financier Farfadel, puis Clitandre, en colère contre son valet, Breton, qui n'arrive pas à lui ménager une entrevue avec Angélique — nièce de la prude Mme Bardoux —, et qui doit, dans quatre jours, épouser le même Farfadel. Lorange, faux Arménien, et la marchande de robes de chambre, Mlle Mousset, l'un et l'autre chevaliers d'industrie au lourd passé, s'offrent à l'aider. Voici justement Angélique, bien accompagnée : on va d'abord éliminer sa gouvernante, Mme Isaac, en la douchant, en la jetant par terre et en la piétinant, en lui tordant le bras sous prétexte de lui porter secours. On neutralise ensuite son laquais, Jasmin, qu'on accuse de vol à la tire et qu'on emmène chez un commissaire. Arrive Farfadel, qui fait à Mlle Mousset — et au spectateur — sa profession de foi d'homme riche, cynique et jouisseur (sc. 16). C'est alors que Breton imagine de se servir des attractions de la Foire, le Cercle, les danseurs de corde, le Petit Opéra, pour ridiculiser Farfadel et le montrer à Mme Bardoux et à Angélique sous son vrai jour. Survient à ce moment Mlle de Kermonin, petite Bretonne, à qui Farfadel a aussi promis le mariage. Puis encore une certaine Marotte, liaison récente du financier, qui pensionne la tante et s'occupe de toute la famille. Mais Breton, de retour, reconnaît sa sœur en la prétendue Mlle de Kermonin. Urbine réapparaît, et toutes les maîtresses de Farfadel sont alors réunies, à l'exception de sa fiancée, Angélique, toutes enragées contre lui. Paraît enfin celle qu'il s'agit de détromper, Mme Bardoux, qui, toute prude qu'elle est, a donné à la Foire rendez-vous au Chevalier, qui lui fait la cour. L'arrivée d'Angélique et de Farfadel complète l'assemblée. Breton annonce les divertissements et invite Farfadel et les Dames à voir au Petit Opéra *Le Triomphe de Vulcain*, mais, auparavant, on va visiter le Cercle, boutique au fond du théâtre, qui montre, en figures de cire, Farfadel environné de toutes ses maîtresses. Les vraies se déchaînent alors contre lui. Il ne s'en tire que grâce à la protection du Chevalier, en promettant, sérieusement cette fois, d'épouser sa sœur Urbine ; il donne Angélique à Clitandre et satisfait à peu près tout le monde. Le Divertissement, sous la forme de petit opéra, rassemble les figures du Cercle, un Gilles et les autres acteurs, autour de couplets banals, mais assez jolis.

Comme on le voit, la marche de l'intrigue n'était pas mauvaise, et ses deux temps bien marqués : d'abord éliminer les surveillants et les gardiens d'Angélique, pour qu'elle puisse s'entretenir librement avec Clitandre ; ensuite éliminer Farfadel : la course de jupons autour du financier devient alors le centre de la comédie, l'occasion de portraits satiriques. L'ensemble est bien enlevé. Si Clitandre reste conventionnel, Angélique est sans fadeur : une certaine fermeté la rend parfaitement digne de ses homologues de *La Folle Enchère*, de *La Parisienne* ou du *Tuteur*. Le Chevalier gascon est plus développé que le Lisimon de *La Parisienne*, visiblement son cousin, bien qu'on ne lui ait attribué aucun titre ; avec sa sœur à marier, il forme un couple que l'auteur reprendra dans *Le Prix de l'arquebuse*. A côté de ces types, Dancourt trace avec allégresse des figures fantaisistes, comme celle de Mlle de Kermonin-Nicole, personne « fort vaporeuse », dont la violence amoureuse rappelle celle de la Tante de *Renaud et Armide*, et de quelques autres vieilles filles, dont Mlle Girault, également personnage du *Prix de l'arquebuse*. Il dessine aussi des portraits plus réalistes, comme celui de Farfadel, libertin sexagénaire, dont on parle plus qu'il ne parle, malgré sa profession de foi de la scène 16 ; ou Mme Bardoux, la fausse prude, dont les propos sont parfois une réminiscence de *Tartuffe*.

La vie de la Foire est évoquée avec brio dans les premières scènes, puis oubliée jusqu'à la scène finale, ou à peu près, mais la satire est vigoureuse. Lancaster observe qu'on ose montrer en Mlle de Kermonin une véritable « cocotte » ; les propos y sont assez relevés, avec parfois une surprenante finesse, comme nous l'avons montré pour la première scène,

ou comme la dernière réplique de Farfadel, et celle de Mme
Bardoux : « Et moi, Monsieur le Chevalier, je ferai tout ce
que vous me conseillerez de faire », que Clitandre interprète à
son avantage, mais à laquelle le Chevalier n'a garde de répondre. Cette finesse du dialogue, à certains moments, détonne un
peu, il faut le dire, et n'a peut-être pas été bien saisie dans
une comédie somme toute de structure assez maladroite, où
les personnages arrivent les uns après les autres, sans aucune
nécessité, et se trouvent réunis par le plus heureux des
hasards et non pas, comme dans *La Désolation des joueuses*,
par une passion commune qui les assemble et les anime.
D'autre part, les maîtresses de Farfadel ne présentent pas ce
rapport ressemblance/différence, qui créait les heureux contras-
tes de *La Désolation*. Le dénouement, bien gratuit, lui aussi
— au point que, plus d'une fois, l'auteur a l'air de s'en excu-
ser —, est fait uniquement pour amener, comme dans la pièce
de Regnard et Dufresny, la représentation d'attractions de la
Foire. Farfadel se soumet sans grande lutte, succombant sous
l'avalanche des femmes, comme un M. de Pourceaugnac, dont
il est loin d'avoir la sottise et la naïveté. Enfin, Dancourt
essaie visiblement de placer un *lazzi* : cela se borne à des
voies de fait assez basses et assez grossières sur la pauvre
Mme Isaac.

La Foire Saint-Germain n'eut pas le succès des deux comédies précédentes. Si elle rapporta néanmoins 497 L 15 s. à son
auteur (la même somme que *La Désolation des joueuses*), ce
fut grâce à la visite du Dauphin au nouveau théâtre, jour où
la recette dépassa largement 4.000 livres. On ne donna la
pièce que quatorze fois et on ne la reprit jamais. Les Italiens,
vainqueurs, ajoutèrent à leur finale un chant de triomphe.
Pourquoi le public préféra-t-il l'Hôtel de Bourgogne à la rue
des Fossés Saint-Germain ? La comédie de Regnard et
Dufresny n'était pas sans défaut, ni celle de Dancourt sans
qualités. Mais il avait le tort de venir en second et de ne pas
faire mieux que les premiers. Sans doute, on admira le jeu de

ses deux très jeunes filles (Manon avait douze ans, Mimy en avait dix), dans le rôle des marchandes de la Foire, accompagnées de Charlotte Desmares, qui en avait treize ; mais ce n'était déjà plus une nouveauté : on les avait vues, trois mois plus tôt, dans *La Foire de Bezons*, où elles tenaient même des rôles plus importants. D'autre part, ce genre hybride, qui sentait trop l'imitation des maîtres du *lazzi*, et qui pourtant voulait garder un certain réalisme, conforme à l'optique du Théâtre-Français, n'était ni chair ni poisson. En fait, il y avait autant d'audace dans *Les Vendanges de Suresnes*, mais là, Dancourt innovait et l'on ne sentait aucune imitation. Bref, le spectateur fut déçu. Pour Dancourt, l'échec n'était pas grave, et il allait donner des comédies mieux reçues, mais *La Foire Saint-Germain* ne s'en releva pas, et, au siècle suivant, d'Argenson la condamne sans rémission :

« Sa qualité de Comédien Français empêcha seule Dancourt de donner de pareilles pièces aux Italiens. Il y est forcé, bouffon, hors du caractère de notre théâtre et de ses mœurs. Cette pièce eut peu de succès quand on la mit au théâtre... Il faut convenir que voilà une misérable farce et bien dépourvue de vraisemblance. »[34] (*op. cit.*, p. 177).

La Foire Saint-Germain fut donnée avec *Bradamante*, tragédie de Thomas Corneille, le 19 janvier 1696. La recette fut supérieure à 2.000 livres, mais les frais de la pièce avaient été élevés[35] : on retira 1.479 L 5 s. 3 d. le premier jour, pour les régler, et encore 300 livres, le 22 janvier, jour de sa deuxième représentation, avec *Héraclius*. La meilleure recette fut naturellement obtenue lors de la visite du Dauphin au nouveau théâtre, le 5 février : on la joua au double avec *Polyxène*[36], et on encaissa 4.331 L 10 s., chiffre énorme, sur lequel Dancourt toucha 158 livres, comme part d'auteur.

Le Registre, pour les *feux* du 19 janvier, donne MM. Guérin, Beauval, La Thorillière, Poisson, de Villiers, Beaubourg, Baron, Lavoy, du Perrier, et Mlles Beaubourg, Beauval, Duclos, du Rieu, Clavel, Champvallon, Godefroy, de Villiers, Dancourt, Desbrosses. Il est difficile d'en tirer des conclusions un peu convaincantes : il est probable que Thérèse jouait Angélique ; on verrait assez bien Poisson en Lorange et de Villiers dans le rôle du Chevalier gascon. Beauval, à qui on attribuait les vieilles ridicules, était-il Mme Bardoux, ou, plus vraisemblablement, Mme Isaac ? Il me semble que les avanies qu'on lui fait subir exigeaient par décence qu'un homme tînt ce rôle. L'auteur ne jouait pas, sauf le 28 février, à Versailles, où il remplaçait De Villiers, malade, « qui n'avait pas voulu y aller » (Registre). A la différence de Molière, qui, sûr de son talent, se réservait d'ordinaire le plus grands rôle, Dancourt n'écrit pas pour lui : s'il joue, c'est souvent en second, ou un petit rôle. Enfin, la liste des acteurs du voyage de Versailles, le 28 février, toujours avec *Polyxène*, précise :

« Plus, il y a les 2 petites Demoiselles Dancourt et Mlle Lolotte desmares. »

Suivirent les comédiens à Versailles Touvenelle, Nivelon et trois « petits danseurs » (au lieu de six à Paris ?).

Sur un autre registre, en date du 20 février, on lit : « payé à Mlle Dancourt pour Mlles ses filles à la Foire Saint-Germain : 32 L 14 s. »

LES EAUX DE BOURBON

Après *La Foire Saint-Germain*, Dancourt fait jouer, le 7 mai 1696, une comédie en un acte, intitulée *Le Moulin de Javelle*, dont il est officiellement l'auteur, mais dont on a lieu de se demander si elle est entièrement de son cru, au succès moyen. Et, le 4 octobre, jour même du départ pour Fontainebleau, on donne, avec Phèdre, une nouvelle comédie en un acte, dont il est encore l'auteur, *Les Eaux de Bourbon*.

L'idée lui en a-t-elle été suggérée par les Italiens, qui ont joué,
le 12 juillet, une importante pièce en trois actes de Boisfran,
Les Bains de la porte Saint-Bernard ? Certes, la porte Saint-
Bernard est à Paris et il s'agit de bains dans la Seine. Mais
ces bains n'en sont pas moins recommandés à Angélique par
Arlequin-médecin. Des bains thérapeutiques dans la Seine au
séjour de baigneurs dans une ville d'eaux, le glissement est
facile à concevoir. Cette fois, Dancourt ne commettra pas
l'erreur de *La Foire Saint-Germain*. L'inspiration de la comédie est purement française ; les jeux de scène sont réduits à
des figures de ballets et cantonnés dans le divertissement final.
Par ailleurs, l'idée de porter une ville d'eaux sur le théâtre
n'était pas neuve : Déjà, en 1632 ou 1633, Claveret avait
écrit la comédie des *Eaux de Forges*, qui ne fut peut-être
jamais jouée ni publiée, mais surtout Chappuzeau fit jouer, en
1669, *Les Eaux de Pirmont*, où il mettait en scène une ville
d'eaux allemande [37].

La pièce se passe à Bourbon-les-Bains. On a pu se demander
s'il n'y avait pas contamination de Bourbonne-les-Bains, en
Haute-Marne, et de Bourbon-l'Archambault, dans l'Allier. En
fait, il y a peu de doute, vu la célébrité de cette dernière sta-
tion, fréquentée par Scarron notamment, en 1641-1642, pour
ses rhumatismes, par Mme de Montespan en 1676, par Boi-
leau, pour sa gorge, en 1686, par Mme de Sévigné, enfin, du
21 septembre au 13 octobre 1687. Du reste, la comédie de
Dancourt n'offre rien de spécifiquement bourbonnais, c'est sur
toute ville de cure que porte la satire.

Le vieux baron de Saint-Aubin, qui séjourne à Bourbon
pour soigner ses rhumatismes, fait la cour à Babet, fille de son
médecin, M. Grognet. Celui-ci ne demande pas mieux que de
donner sa fille au Baron, qu'il sait veuf et de santé fragile, et
qu'il croit sans enfants ; il décide de célébrer le mariage dans
la nuit même ; mais on apprend qu'elle est déjà secrètement
mariée à un officier, Valère, dont le laquais, La Roche, vient
justement d'arriver, son maître ayant été retardé par un acci-

dent de voiture. Or, Valère se trouve être le propre fils du Baron. Avec l'aide d'une veuve d'apothicaire, Mme Guimauvin, et d'un paysan de Bourbon, Blaise, on fera signer au Baron un contrat qu'il croit être son contrat de mariage avec Babet, mais qui est en ralité celui du mariage de son fils, la similitude de leurs prénoms ayant ainsi permis de transformer en acte officiel un mariage sous seing privé. Un important divertissement comporte, en même temps que les figures classiques, des ballets de malades dansant avec leurs béquilles ou leurs fauteuils. Interviennent dans la comédie, sans grande raison d'intrigue, une Présidente, un faux Chevalier, une fausse Marquise.

Un père et son fils amoureux de la même personne, voilà qui est monnaie courante en comédie. L'étrange est ce mariage obscur, qui, lui non plus, n'était pas nécessaire : Babet et Valère auraient pu n'être que fiancés ou amoureux, ce mariage dont La Roche dit qu'il n'est qu'un mariage « à la dragonne » et dont il envisage que son maître puisse profiter de la situation pour le rompre, ce mariage que Valère a peur de déclarer. La chose se complique du fait que les bienséances interdisent toute allusion à la cérémonie religieuse ; la signature du contrat, outre son importance civile, prend au théâtre la signification symbolique du sacrement, avec son irrévocabilité. Dans la réalité, ou bien Babet et Valère seraient véritablement mariés, devant un prêtre, et cela obligerait à une demande d'annulation au succès improbable, mais éventuellement à des mesures de rétorsion, ou bien ils ne seraient pas mariés, ce qui serait plus logique. Quant à un faux mariage conscient, il faut laisser cela au mélodrame. Bref, ces différentes exigences nous entraînent dans une situation un peu trouble, qui n'est éclaircie ni par les propos souvent équivoques et assez libertins du valet, ni par l'attitude de Valère, qui, effectivement, en dépit de ses paroles et de quelques explications peu convaincantes, montre peu d'empressement à revoir « la charmante Babet ». Au reste, on le voit à peine, il n'apparaît qu'à

la scène XXI et à la scène finale et, sur le théâtre, il ne dit
pas un mot à sa jeune femme. Une réplique de celle-ci a d'ailleurs montré son inquiétude : se demandant à quoi il tient
que, depuis quinze jours, elle est sans nouvelles, elle entend
Blaise lui répondre avec cynisme, mais peut-être avec justesse :

« A ce que vous êtes sa femme ; si vous n'étiez que sa maîtresse... »

Au demeurant, Babet est une amoureuse plate et gémis-
sante, qui n'a rien des vigoureuses Angéliques auxquelles Dancourt nous a habitués. Elle fait penser à la Mariane de *Tartuffe*, avec beaucoup moins de personnalité. C'est sans doute
la plus insignifiante des jeunes premières de Dancourt, pourtant assez vives d'ordinaire.

D'autres personnages suivent les schémas habituels. Le
baron de Saint-Aubin est essentiellement un père de comédie,
dont le titre importe peu, encore que sa conduite de malade
soit assez intéressante. Blaise est un paysan semblable à tous
ceux de Dancourt ; quant à la Marquise et au Chevalier, ils
forment un couple de compères, analogues à celui de Mlle
Mousset et de Lorange, dans *La Foire Saint-Germain*, mais
n'ont guère de part à l'action ; leur rôle se borne à des dialogues piquants, enrichis d'allusions à l'actualité. Seuls se déta-
chent deux personnages un peu originaux : M. Grognet, le
médecin, et Mme Guimauvin, veuve d'apothicaire. Grognet est
le premier médecin du théâtre de Dancourt. Assez antipathi-
que, mais à peine esquissé, ne manifestant sa profession que
dans quelques rares répliques, il n'a aucunement l'alacrité ni
le comique des médecins de Molière. Il semble même que
Dancourt fuie systématiquement toute ressemblance. Quant à
Mme Guimauvin, elle tient ici, toutes proportions gardées, le
rôle d'entremetteuse décente, ou plutôt de femme d'intrigues,
dévolu ailleurs aux revendeuses à la toilette ou aux auber-
gistes, à qui, en fait, Mme Guimauvin s'apparente. Elle n'est au
demeurant pas dépourvue de relief ; quant à sa qualité de

veuve d'apothicaire, hormis son nom évocateur, seule une
allusion du médecin aux « drogues gâtées » qu'elle possède
encore et qu'il s'engage à faire consommer à ses malades,
l'indique.

Malgré tout, et comme toujours, le dialogue est vif. Dancourt réussit, à coups de petits traits, de touches fines, à
recréer un milieu de cure, peuplé de la faune habituelle à ces
sortes d'endroits, et à peindre avec vraisemblance la façon —
qui n'a guère changé aujourd'hui —, dont les curistes obéis-
sent à la fois avec scrupule et caprice aux prescriptions de leur
médecin. Ce nouvel aspect de la satire des mœurs est bien vu,
encore que plus d'un trait s'applique à toute villégiature aussi
bien qu'à la clientèle des eaux proprement dite.

La pièce est intéressante aussi par les allusions à l'actualité :
1696 voit évoluer favorablement pour la France la difficile
guerre de la Ligue d'Augsbourg, où Louis XIV a dû tenir
tête à la fois au bloc catholique et terrien (Pape, Empereur,
Espagne, Savoie) et au bloc maritime et protestant (Hollande,
Angleterre). La guerre continue en Catalogne, mais la paix de
Savoie vient d'être signée à Turin, quatre mois auparavant :
on y parle de cette paix, du retour des officiers, et des
Miquelets [38] qui continuent à harceler l'armée française dans
les Pyrénées espagnoles. Enfin, le divertissement présentait un
ballet de malades, qui fut admiré. A la reprise de 1731, on le
corsa de « deux malades dansant dans leurs fauteuils, ce qui
fait une singularité fort réjouissante », comme le note le *Mer-
cure de France* de juin de cette année.

Le commentaire du marquis d'Argenson n'est pas significa-
tif :

« C'est une farce ; le divertissement est joly ; quelques caractères nouveaux, mais dont les mœurs choquent plus le théâtre
aujourd'hui que dans le temps où cela parut. Dancourt avoit
un talent singulier pour trouver à ses acteurs des noms de
caractère et d'une terminaison plaisante. » (*op. cit.*, p. 173).

Le lecteur ne trouvera peut-être pas tellement de « caractères nouveaux », et il jugera sans doute qu'appeler Guimauvin une veuve d'apothicaire et marquise de Fourbanville une aventurière ne demande pas une faculté d'invention extraordinaire.

La pièce fut donc jouée le 4 octobre, avec *Phèdre*. La recette s'éleva à 791 L 5 s. Elle culmina le 7, avec *Le Festin de pierre* : 991 livres. Une seule autre recette supérieure à 700 livres, avec *Le Menteur*, le 21, et une de 685 livres, avec *Amphitryon*, le 28. Les autres furent résolument médiocres [39]. La faute en est moins à la comédie qu'au voyage de Fontainebleau. *Les Eaux de Bourbon* restèrent cependant à l'affiche jusqu'au 13 novembre, mais, dès le 31 octobre, Dancourt avait fait jouer une nouvelle comédie, *Les Vacances*, qui, elle, eut beaucoup plus de succès, dès le début. Il n'empêche que, grâce à lui, la part d'octobre fut de 134 livres, ce qui était loin d'être négligeable. Plus forte, même, que celle de 1695, malgré *La Foire de Bezons* et *Les Vendanges de Suresnes*. Les frais journaliers de la pièce étaient d'ailleurs assez faibles (63 livres), et les frais d'ensemble ne s'élevaient qu'à 397 livres environ [40].

Phénomène unique dans tout le théâtre de Dancourt — et rare ailleurs —, nous connaissons, grâce à un manuscrit de la Comédie-Française, dont nous reparlerons, la distribution complète et exacte de la comédie. La voici :

M^r Le Comte	Le Baron de s^t Aubin
Mr de Champmeslé	Mr Grognet, médecin
Mlle Desbrosses	Me Guimauvin, veufve D'apotiquaire
Mlle Chanvalon	La Présidente
Mr Devilliers	Le chevalier de la Bressandière
Mlle Godefroy	La marquise de fourbanville
Mlle Duclos	Babet, fille de M^r grognet
Mr Desmarres	Blaise, Paysan de Bourbon
Mr Dancourt	Valere, fils du Baron de s^t Aubin
Mr Delavoy	La Roche, valet de chambre de Ualere
Le petit Dauvilliers	Jasmin, petit laquais
Mr Touvenel, etc.	Plusieurs Musiciens et Danseurs.

Le Comte était un comédien médiocre, mais un administrateur remarquable ; digne successeur de La Grange, il dirigea en fait la troupe, jusqu'à sa retraite en 1705. Champmeslé, tragédien, jouait aussi des rôles comiques, et celui de M. Grognet n'était pas difficile. Mlle Desbrosses, avant Mme Guimauvin, avait déjà créé Mme Patin ; ces rôles de caractère lui convenaient à merveille, de même que celui de la Présidente à Mlle de Champvallon. De Villiers jouait normalement le Chevalier, habitué qu'il était aux rôles de Gascon et de petit-maître. Mlle Godefroy et Mlle de Lavoy ont laissé une réputation assez médiocre. Mlle Duclos, reçue depuis deux ans, était déjà célèbre comme tragédienne, mais Babet est, nous l'avons dit, un personnage sans relief comique. Passons sur Jasmin ; restent Desmares pour Blaise, les paysans étant son emploi à succès et Dancourt lui-même pour Valère, rôle de jeune premier, mais, en fait, très pâle et très court, conforme au peu de goût de l'auteur pour jouer dans ses propres pièces. Il convient simplement de remarquer, à ce propos, que Valère est qualifié deux fois dans la comédie de « petit homme », allusion probable à la petite taille de Dancourt [41], connue d'ailleurs et dont il pouvait ici faire un sujet de plaisanterie. On peut également relever une absence : celle de Thérèse. Faisant partie du voyage de Fontainebleau, elle ne pouvait jouer Babet, ce qui eût été son emploi normal. Est-ce une explication de la platitude de l'héroïne, Dancourt n'ayant pas voulu qu'on s'aperçût trop de l'absence de la meilleure actrice en ce domaine ? Absente également de la distribution, Lolotte Desmares, qui figure à l'état des frais : elle ne devait donc paraître que dans le divertissement. On voit l'intérêt de ce document exceptionnel.

NOTES

1. Le P. de La Rue, jésuite et prédicateur célèbre, avait été le professeur de Dancourt. Beaucoup plus tard, le rencontrant dans quelque compagnie, il aurait déploré qu'il fût devenu comédien, et Dancourt aurait répondu : « Mais, mon Père, après tout, nous faisons le même métier ; vous êtes comédien du Pape comme je suis comédien du Roi. » Pour les autres anecdotes : Louis XIV retenant Dancourt, qui à Versailles, le haranguait tout en marchant à reculons et allait tomber dans un escalier, ou Dancourt corrigeant et modifiant la pièce d'un auteur inconnu, au fur et à mesure qu'il la lisait à l'assemblée des comédiens, etc., voir A. Blanc, *F. C. Dancourt : la comédie française à l'heure du Soleil couchant*, Tübingen, Gunter Narr Verlag, 1984, p. 29-30.

2. Il y a plusieurs risques ou menaces d'enlèvement dans le théâtre de Dancourt, mais aucun enlèvement, à proprement parler.

3. Voir A. Blanc, *op. cit.*, p. 20, et pour plus de précision, l'édition reprographique de notre thèse, *Le Théâtre de Dancourt*, Atelier de Lille III, 1977, p. 26-28.

4. Hubert créa le rôle de Madame Jourdain et fut aussi une brillante Madame Pernelle, dans *Tartuffe*.

5. Voir A. Blanc, « Sur trois textes de Dancourt », *XVIIe Siècle*, 1976, n° 112, p. 46-57.

6. Voir A. Blanc, *op. cit.*, et ici, p. XV.

7. Collection Comédie-Française. Il n'y a aucune raison de douter de la ressemblance

8. Voir E. Campardon, *Les Comédiens du roi de la troupe française...*, pièce n° 11, p. 2.

9. Voir A. Blanc, *op. cit.*, p. 67.

10. *Ibid.*, p. 106-107.

11. *Ibid.*, p. 100.

12. *Ibid.*, p. 101.

13. Acte passé chez Me Roussel. Voir A. Blanc, *op. cit.*, p. 123-124.

14. Voir *supra*, p. XI et n. 5.

15. Voir la dédicace de *Sancho Pança gouverneur* au duc de Mortemart, et A. Blanc, *op. cit.*, p. 33-34.

16. René d'Argenson, *Notices sur les œuvres de théâtre*, publiées par Henri Lagrave, *Studies on Voltaire and the Eighteenth Century*, Genève, 1966.

17. Voir, pour plus de détails, J. Brutting, *Das Bauern Französisch in Dancourts Lustspielen*, Altenberg, 1911.

18. Voir Nivea Melani, *Motivi tradizionali e fantasia del «Divertissement» nel teatro di F. C. Dancourt*, Napoli, 1970.

19. En fait, le délai dut être prolongé de plus d'un an, les comédiens ne trouvant pas d'endroit où s'installer ; ils continuèrent de jouer rue Guénégaud jusqu'au relâche de Pâques 1689.

20. Le montant des frais fut divisé en vingt-trois parts. Chaque comédien devait acheter l'une d'elles à son entrée dans la troupe. Ces parts étant d'environ 18.000 livres, ils n'avaient ordinairement pas l'argent nécessaire ; aussi, ils contractaient des emprunts, qu'ils remboursaient comme ils pouvaient. En revanche, lorsqu'ils quittaient le théâtre, cet investissement leur était rendu, tandis que leur successeur le prenait à son tour en charge. C'était sans doute un capital intéressant, qui s'ajoutait à leurs mille livres de pension annuelle, mais il leur avait coûté bien cher. En outre, tous les suppléments, pension royale de 12.000 livres, revenant-bons, etc., au lieu d'être distribués comme naguère, étaient mis de côté par la troupe. Enfin, sur chaque recette, avant le partage, on prélevait 66 livres. Il fallut toute l'autorité et les capacités financières de La Grange, puis de Le Comte pour que la troupe pût surmonter cette crise.

21. La dernière fut *La Dame à la mode*, comédie en cinq actes, non imprimée, donnée le 3 janvier 1689.

22. Trente-quatre scènes dans les éditions des Libraires Associés, postérieures à la mort de Dancourt, qui comptent pour une scène une réplique de M. Bernard, effectivement seul sur le théâtre à la fin de la scène XVI.

23. «Et je m'en vais être homme à la barbe des gens», *Les Femmes savantes*, II, 9, v. 710.

24. «Le grand succès» de la pièce est dû «aux applaudissements que vous lui avez donnés dans la lecture que j'ai eu l'honneur de vous en faire.» Dédicace de l'édition de 1691.

25. Voici ces recettes (arrondies à la livre) : 790, 1.277, 405, 436, 450, 280, 416, 751, 932, 347, 350, 303, 549, 200, 592, 319, 377, 633, 229, 228. Les deux dernières recettes étant inférieures à 300 livres, la pièce «tombait dans les règles», et on cessa de la jouer.

26. Procès-verbal de l'assemblée des comédiens, en date du 12 janvier 1688.

27. Pendant l'hiver, de la Toussaint à Pâques, environ, chaque comédien touchait, le jour où il jouait, une petite somme (à peu près 1 livre) pour le chauffage de sa loge, en plus de la part, distribuée à tous les comédiens, même à ceux qui ne jouaient pas. Il fallait donc savoir exactement quels étaient les acteurs de chaque représentation, mais peu importait de quelle pièce, et sans considération du ou des rôles qu'ils tenaient. Par la suite, ces *feux* devinrent une espèce d'indemnité de représentation, attribuée été comme hiver. L'usage en persiste encore aujourd'hui.

28. Registre de la Comédie-Française, en date du 27 août 1688.

29. Si l'on compare la liste des personnages et celle des comédiens, on voit qu'il était nécessaire que certains eussent un rôle dans les deux pièces.

30. Ces ordonnances étaient celles de la pension royale de 12.000 livres annuelles, distribuées régulièrement, mais dont, à cette époque, les fonds étaient souvent débloqués — dirions-nous aujourd'hui — avec beaucoup de retard.

31. Comédie de Montfleury, 1663.

32. Celle-ci avait lieu de juillet à septembre, près de Saint-Lazare.

33. Voir le plan, p. LX.

34. Curieusement, le même d'Argenson ne tarit pas d'éloges sur *La Foire Saint-Germain* de Regnard et Dufresny, pourtant bien plus burlesque, mais la Comédie italienne ne se juge pas selon les mêmes normes que le Théâtre français : « C'est une des meilleures pièces de ce théâtre, fort amusante, fort comique et dont quantité de traits ont passé en proverbes ; les troupes de campagne ont rejoué continuellement cette pièce [...] On la reverroit aujourd'hui avec plaisir. » (*op. cit.*, p. 627)

35. Le montant des frais généraux était évidemment dû au décor, qui demandait des travaux de menuiserie et de peinture importants. Quant aux frais extraordinaires journaliers, le Registre, en face de la recette du 23 janvier, nous donne :

Frais de la pièce de la Foire St Germin [*sic*]

3 hautbois	9 L
Mr Nivelon	3 L
Mr Grandval	1 L 10 s.
Mr Converlet	1 L 10 s.
M. Touvenelle	10 L
Champagne Et son habit	1 L 10 s.
Six danseurs	18 L
cinq habits	7 L 10 s.
7 L de chandelles	3 L 3 s.
un poudreur	3 L 3 s.
garson tailleur	1 L
Menuisiers	5 L 10 s.
garson	1 L
	63 L 13 s. (*sic*)
plus un habit darmenien	1 L 10 s.
plus 4 gardes	
	69 L 3 s.

Les musiciens se retrouvent à Versailles, le 28 février, ainsi que trois danseurs. Le 20 février, après la mention « payé à Mlle Dancourt pour ses filles à la Foire Saint-Germain 32 L 14 s. », on lit : « et le louage de deux lustres pour 11 jours de la Foire S. Germain : 11 L. » On peut supposer que ces deux lustres inhabituels éclairaient les boutiques de la Foire, au moins celle du Cercle, pour que les spectateurs pussent en distinguer commodément les figures. Les louages d'habits sont une chose assez fréquente. La musique avait déjà été payée à Grandval : pourquoi ces 1 L 10 s ? Dirigeait-il les musiciens ou était-ce un supplément ? Quant aux 5 L 10 s. des menuisiers, elles étaient probablement dues à la nécessité de monter et de démonter les boutiques à chaque représentation. Enfin, le 3 janvier, le Registre indique : « 2 repas au peintre chez Forel 14 L ». Remerciement ? Le prix est élevé, mais Forel était un cabaretier fameux, et puis le peintre n'était peut-être pas seul.

36. Tragédie de La Fosse, jouée pour la première fois le 3 février 1696.

37. Jouée d'abord à Pyrmont même, par la troupe française des ducs de Brunswick-Lunebourg, cette comédie en trois actes et en vers, d'intrigue très banale, mais plus précise sur certains points que celle de Dancourt, évoque en termes techniques exacts les vertus des eaux thermales, et présente une scène très vive de curistes à la fontaine, mentionnant le nombre de verres imposé, le goût, l'heure à laquelle on doit les prendre et... leur effet immédiat, ainsi que l'attente impatiente du courrier. A travers deux faux médecins, on s'y livre à un procès modéré de la médecine et l'on y fait plusieurs allusions directes au célèbre Guy Patin, sans méchanceté d'ailleurs.

38. Scènes X et XI.

39. Voici, d'après le Registre, le tableau des recettes :

4 octobre, avec	*Phèdre*	791 L 5 s.
6	»	»	*Le Misanthrope*	561 L 15 s.
7	»	»	*Le Festin de pierre*	991 L
8	»	»	*Nicomède*	314 L 15 s.
10	»	»	*La Femme juge et partie*	344 L 10 s.
11	»	»	*Andromaque*	429 L 15 s.
13	»	»	*Tartuffe*	309 L
14	»	»	*La Comtesse d'Orgueil*	582 L 19 s. 9 d.
15	»	»	*Ariane*	330 L 10 s.
17	»	»	*Les Femmes savantes*	325 L 14 s. 9 d.
18	»	»	*Phèdre*	314 L 15 s.
21	»	»	*Le Menteur*	317 L 10 s.
22	»	»	*Mithridate*	299 L 15 s.
24	»	»	*Amphitryon*	522 L 5 s.
25	»	»	*Nicomède*	266 L
27	»	»	*La Comtesse d'Orgueil*	333 L
28	»	»	*Amphitryon*	685 L 19 s. 6 d.
29	»	»	*Venceslas*	260 L 2 s.

La comédie n'était pas encore « tombée dans les règles », mais la part était nulle, et, le 31 octobre, *Les Vacances* lui succèdent. *Les Eaux de Bourbon* ne semblent pas avoir été jouées à Versailles, alors que *Les Vacances* l'ont été dès le 10 décembre.

40. On lit, sur le Registre, en date du 4 octobre :

Frais de la pièce :

4 grands danceurs	12 L
trois petits	9 L
touvenelle	10 L
Mr giliers	4 L 10
Mlle chanteuse	5 L 8
pelletier	2 L 10
hautbois	6 L
Le garson tailleur	1 L
Le poudreur	1 L
Louage de huit habits à la compagnie cy	4 L
à dauvilliers	15 L
au laquais de Mr Dancourt	10 L
a Mr dumont pour Louages	7 L 10
a converset	1 L 10
a grandval	1 L 10

67 L 3 *(? en réalité 90 L 18 s)*

En date du 8 octobre :

Depense de la comedie des Eaux de Bourbon :

Pour les ustensiles contenus au memoire de Ducreux	11 L
Pour la serrurerie du cul de jatte au Sr Duhamel	6 L
Pour la menuiserie des décorations au menuisier	30 L
Escarpins, gans et rubans du petit Dufort Danseur	6 L 10 s.
Tour des cheveux et rubans de Mlle Godefroy	6 L 10 s.
Soulliers rubans et gands de Mlle Lolotte	4 L 18 s.
a Mr Gilliers po' la. musique	72 L
aux Srs la Montagne Nivelon et prevost de mr pecour pour les danses qu'ils ont composées chacun un louis cy	14 L
au Sr Joachin, peintre pour la décoration	150 L
au Sr Dumont tailleur po' l'habit du Sr Fromont Danseur Et po' les cors de Mlle Lolotte	60 L
pour les frais journaliers des 3 premières représentations aussy... ont este Regles a costé de la presente Representation	20 L 19 s.
plus pour la chaise du malade qui danse	2 L 10 s.
plus au Tapissier pour façon et fourniture de la garniture de la chaise	15 L
plus au papetier pour 2 Carterons et demy de Cartonier et d'une demie rame de papier pour la Decoration	11 L 7 s.
plus pour Dessoulliers [*sic*] et la petite oye de la chanteuse	8 L

Bref, en tout, 397 L 15 s. On remarquera l'importance de la « décoration », c'est-à-dire du décor : 150 L, le prix de la musique : le tarif de Gilliers sera bientôt de 100 livres, et les rubans, escarpins, etc. fournis aux chanteurs et danseurs. Les comédiens se paraient à leurs propres frais, sauf dans le cas d'habits spéciaux (chasse, etc.). Ici, on fournit à Mlle Gode-froy un « tour de cheveux » et des rubans, pour le rôle de composition de la marquise de Fourbanville. De même, Lolotte Desmares, qui ne jouait que dans le Divertissement, se voyait presque habillée de pied en cap : souliers, rubans, gants, et même ses « cors », qu'il faut certainement lire « corps », c'est-à-dire corps de jupe, ou corsages. Pourquoi le pluriel ? Peut-être figurait-elle dans plusieurs « entrées » et changeait-elle rapidement entre deux danses.

41. Étaient du voyage de Fontainebleau, et donc ne jouaient pas dans la pièces, MM. Beauval, Rosélis, Guérin, Beaubourg, Poisson, La Thorillière, Baron, Dufay, Du Perrier, et Mlles Beauval, du Rieu, Raisin, de Beaubourg, Dancourt, Champmeslé.

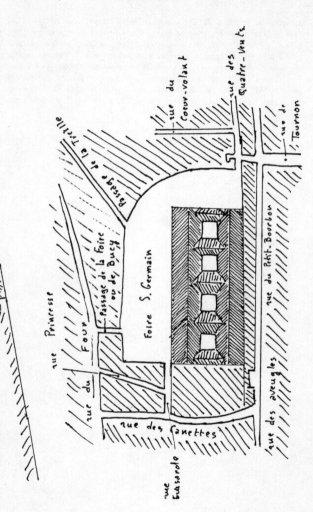

PLAN APPROXIMATIF DU QUARTIER ET DE LA FOIRE SAINT-GERMAIN
(d'après les plans de Nicolas de Fer (1697) et de Turgot (1734)).

N. B. : *On trouvera au GLOSSAIRE (p. 331 et suiv.) le sens des mots ou expressions qui pourraient n'être pas immédiatement perceptibles au lecteur d'aujourd'hui.*

LA MAISON DE CAMPAGNE

Comédie en un acte
jouée pour la première fois
sur la scène de la Comédie-Française
le 27 août 1688

ÉDITIONS

Le texte suivi est celui de l'édition Ribou de 1711 :

LES ŒUVRES / DE MONSIEUR / D'ANCOURT. / SECONDE EDITION / augmentées de plusieurs Comedies qui n'a / voient point été imprimées. / Ornées de Figures en taille-douce, et de / Musique. / TOME PREMIER / A PARIS / Chez Pierre Ribou, Quay des / Augustins, à la Descente du Pont / Neuf, à l'Image S. Loüis / MDCCXI / Avec Approbation & Privilege du Roy.

Autres éditions de référence :

LA / MAISON / DE / CAMPAGNE / Comedie / par Mr DANCOURT. / A PARIS / chez la Veuve de LOUIS GON-TIER / sur le Quay des Augustin, à la Décente (*sic*) / du Pont-Neuf, à l'image S. Louïs / MDXCI / Avec Privilege du Roy.

Indiquée dans nos Notes et variantes par l'abréviation *Gon.* C'est l'édition originale. On la retrouve dans les recueils factices, *LES ŒUVRES DE M. DANCOURT*, Th. Guillain,

1693, et les deux éditions *LES ŒUVRES DE M. DAN-COURT*, Pierre Ribou, de 1698 et 1706.

LA / MAISON / DE / CAMPAGNE, / Comédie / de Mr DANCOURT, in PIÈCES / DE / THÉÂTRE / composées par Mr DANCOURT, / Tome II, / A Brusselle, / chez François Foppens, / 1698.

Indiquée dans nos Notes et variantes par l'abréviation *Fop*.

LA / MAISON / DE / CAMPAGNE, / Comédie de Mr DANCOURT, *in LES / ŒUVRES / DE / Mr DANCOURT / contenant / les nouvelles Pièces / de / Theatre / Qui se jouent à Paris, / Ornées de Danses et de Musique,* / Tome second, / A LA HAYE, / chez ETIENNE FOULQUE, Mar/chand Libraire, dans le Pooten, / MDCCV, / Avec privilège des Etats de Hollande et Westphalie.

Indiquée dans nos Notes et variantes par l'abréviation *Flq*.

Nous ne possédons pas de manuscrit de *La Maison de campagne*.

ACTEURS

Monsieur BERNARD.

Madame BERNARD.

MARIANE, fille de Monsieur Bernard.

ÉRASTE, amant de Mariane.

LA FLÈCHE, valet d'Éraste.

DORANTE, frère de Mariane.

LISETTE, suivante de Mariane.

LE MARQUIS, Gascon.

LE BARON, ami du Marquis.

THIBAUT, portier de Monsieur Bernard.

M. GRIFFARD, ami de M. Bernard.

NICOLE, cuisinière de M. Bernard.

TROIS HOUBEREAUX.

UN SOLDAT.

UN COUSIN de M. Bernard.

UNE COUSINE de M. Bernard.

La scène est dans la maison de campagne
de Monsieur Bernard.

LA MAISON
DE
CAMPAGNE

COMÉDIE

SCÈNE PREMIÈRE

ÉRASTE, LA FLÈCHE, LISETTE

Lisette

Encore une fois, Monsieur, si vous avez quelque considération pour elle, retournez à Paris, et qu'on ne vous
voie point ici.

Éraste

Ma pauvre Lisette, que je lui parle un moment, que
je la voie seulement, je t'en conjure.

Lisette

Mais, vous êtes le maître, vous voilà dans le logis, il ne tient qu'à vous d'y demeurer. Je crois même que si Mariane vous y savait, elle aurait peut-être autant d'empressement de vous voir et de vous parler que vous en témoignez vous-même.

Éraste

Et pourquoi donc ne veux-tu pas nous donner cette satisfaction à l'un et à l'autre ?

Lisette

C'est que j'en sais les conséquences. Dès que vous serez ensemble, vous ne pourrez vous résoudre à vous quitter. Quelqu'un vous surprendra : et où en serons-nous, s'il vous plaît ?

La Flèche

Hé bien, quand on nous surprendra, nous jettera-t-on par les fenêtres ?

Lisette

Non, mais on me mettra à la porte et on enverra Mariane dans un couvent [1].

Éraste

Et n'y serait-elle pas moins gênée que dans la maison de son père ?

Lisette

Oh, vraiment non, elle n'y serait pas moins gênée. Vous ne savez pas ce que c'est qu'un couvent pour une grande fille qui a coutume d'être dans le monde.

Éraste

Mais ne suis-je pas bien malheureux ! Ce logis est ouvert à tout le monde, et je suis peut-être le seul à qui il n'est pas permis d'y venir librement.

Lisette

C'est que vous êtes un épouseur, vous, et que Monsieur Bernard ne veut point de gens qui épousent.

---

1. Je modernise le mot ; toutes les éditions du vivant de Dancourt donnent *convent*.

La Flèche

Et que veut-il donc, de par tous les diables ?

Lisette

Ce qu'il veut ? C'est un ladre, qui veut garder sa fille et son argent pour lui.

La Flèche

Oh, il veut, il veut... nous ne voulons pas nous. Pour l'argent, passe ; mais pour la fille, si elle voulait prendre de mes almanachs [2], je défierais bien un régiment de pères de la garder.

Lisette

Elle n'en prendra pas, je t'en réponds.

La Flèche

Tant pis, nous ne venons pourtant ici que pour cela, mon maître et moi ; et si vous faisiez bien l'une et

---

2. « On dit proverbialement, Je ne prendrai pas de vos almanachs pour dire, Je ne prendrai pas votre conseil sur l'avenir. » (F.). Pour abréger, nous désignons par (F.) les citations du *Dictionnaire* de Furetière (1690).

l'autre, sans faire tant de façons, il enlèverait ta maîtresse ; je t'enlèverais, moi : ce serait justement partie
carrée [3], et nous vous ferions voir du pays, je t'en
réponds.

Lisette

Quoi ! mort de ma vie, vous seriez assez hardis de
vous jouer à la Justice et d'enlever la fille d'un gentilhomme de robe ? Et toi, maroufle, tu as l'effronterie de
me proposer...

La Flèche

Oh, oh, tu vas faire la dragonne de vertu [4], comme à
ton ordinaire. Fais-nous parler à ta maîtresse, elle sera
peut-être plus raisonnable.

Éraste

Mais est-il possible, Lisette, que son frère ne soit
point ici ? Il est de mes intimes, et malgré l'entêtement
de son père...

___

3. « On appelle une partie quarrée celle qui est faite entre deux hommes et
deux femmes seulement pour quelque promenade ou quelque repas. » (F.)
C'est le titre d'un tableau de Watteau.
4. Féminin pittoresque de *dragon de vertu*, pour dire une vertu intraitable.
Selon Littré, se prend surtout en mauvaise part. Il renvoie à Molière, *L'École
des Femmes*, IV, 8, v. 1296.

Lisette

Je vous ai déjà dit qu'il y a trois jours qu'il est à la chasse avec ses amis ; il ne fait guère d'ordure [5] au logis vraiment, et ce n'est pas sa fille seule que notre vieil avaricieux fait enrager. Il n'y a personne qui ne se sente de sa mauvaise humeur. Sa femme même a bien de la peine à le mettre à la raison. Il ne veut voir personne chez lui, ce serait lui arracher l'âme que de tuer un lapin dans sa garenne, et il se désespère autant de fois qu'il voit à sa table quelque personne d'extraordinaire.

Éraste

Vous vous ennuyez donc furieusement ici ?

Lisette

Pas trop, mais le vieux penart se désespère souvent, car il a beau faire et beau dire, Madame va toujours son train. Le petit homme crève de dépit, et Mariane et moi pâtissons de ses chagrins. Mais tout est perdu, j'entends quelqu'un, c'est lui, peut-être.

Éraste

Ne pouvons-nous nous cacher quelque part ?

---

5. Furetière ne donne pas cette expression, assurément basse et facile à comprendre : il n'est pas souvent à la maison.

La Flèche

Maugrebleu du sot homme, qui ne veut pas qu'on épouse sa fille.

Lisette

Fourrez-vous tous les deux sous ce degré, et allez-vous-en dès qu'il n'y aura plus personne ici.

SCÈNE II

LISETTE, MARIANE

Lisette

Ah, ah, c'est vous ?

Mariane

Il y a une heure que je te cherche, Lisette. Ne sais-tu qui sont ces personnes qui se promènent dans le jardin, et que ma belle-mère est allée joindre ?

Lisette

Non, mais je voudrais bien que Monsieur votre père
fût allé les joindre aussi.

Mariane

Je crois qu'il ne sera guère content de cette visite.

Lisette

Et [a] tenez, tenez. En voici une dont il sera bien moins
satisfait en cas qu'il la sache.

SCÈNE III

MARIANE, ÉRASTE, LISETTE, LA FLÈCHE

Mariane

Ah, Ciel !

Lisette

Dites-vous vitement deux ou trois paroles, et je vais,
moi, faire le guet, de peur d'accident.

a. *Fop.*, *Flq.* : Eh.

Mariane

A quoi m'exposez-vous, Éraste ? et que venez-vous
faire ici ?

Éraste

J'y viens mourir, Madame, puisque vous me recevez
avec tant de surprise, et que ma présence vous fait si
peu de plaisir.

Mariane

Ah ! Éraste, elle m'en fait assez pour vous pardonner
tous les chagrins qui m'arriveront si mon père sait que
je vous ai seulement parlé !

Éraste

Que voulez-vous que je devienne, Madame ?

Mariane

Que vous attendiez comme moi quelque changement
favorable. J'ai une belle-mère dont je ménage l'amitié et
la complaisance, elle me témoigne mille bontés que je

n'en devais pas attendre, et je crois même qu'elle serait peut-être dans nos intérêts si j'avais la force de lui avouer que je vous aime.

Éraste

Hé bien, Madame, nous n'avons donc rien à craindre de sa part, et votre frère est de mes amis. Sur cette confiance ne pouvons-nous point hasarder que je demeure ici quelques jours ? Je me cacherai où l'on voudra.

La Flèche

Oui, mais aura-t-on soin de nous apporter à manger ?

Éraste

Eh, tais-toi. Je vous jure, belle Mariane, qu'on ne le saura point. Dans les greniers, dans la cave, il n'importe, pourvu que je sois dans la même maison où vous êtes.

La Flèche

Cette pendarde de Lisette nous fera faire diète, je vous en avertis.

Éraste

Je ne sortirai point de l'endroit où l'on m'aura mis,
pourvu que je vous voie un seul moment par jour.
Adorable Mariane, ne me refusez point cette grâce, je
vous en conjure.

Mariane

Cela ne se peut, Éraste, et vous ne devriez point
m'en faire la proposition.

Éraste

Quoi ! Vous voulez que je retourne à Paris ?

Lisette

Oui, s'il vous plaît, et tout au plus vite. Et vous, tirez
de ce côté, voilà votre père qui vient droit ici.

Éraste

Que voulez-vous que je fasse ?

Lisette

Que vous partiez.

Mariane

Demeurez dans le village ; et qu'on ne sache point que vous y êtes.

Lisette

Détalez donc.

Éraste

Pourrais-je vous voir quelquefois ?

Lisette

Non.

Mariane

Je ne saurais vous en répondre.

Lisette

Dépêchez-vous donc.

Éraste

M'écrirez-vous ?

Lisette

Peut-être.

Mariane

Si je le puis.

Lisette

Ils n'auront jamais fait !

Éraste

Si je suis seulement deux heures sans apprendre de vos nouvelles...

Lisette

Vous ne vous en irez pas ?

Mariane

Ne faites point d'extravagance,

Lisette

Hé, mort de ma vie, voilà votre père sur nos talons.

Scène IV

M. BERNARD, THIBAUT

M. Bernard

Ah ! bourreau, qu'as-tu fait ? et tu as l'effronterie de me le venir dire toi-même ? Coquin, ne t'avais-je pas donné ordre...

Thibaut

Hé bien, d'accord, vous m'avez baillé ordre que je ne laississe entrer parsonne dans la maison, et votre femme m'a baillé ordre que je laississe entrer tout le monde : comment diable voulez-vous que je fasse ?

M. Bernard

Que tu m'obéisses, traître.

Thibaut

Eh morguoy, de quoi vous boutez-vous en peine ? Ce n'est pas vous qu'ils demandont : c'est elle.

M. Bernard

Et, c'est par cette raison-là, maroufle !

Thibaut

Tenez, Monsieur, j'aime mieux vous chagriner que votre femme ; et quoique vous soyais bien diable, alle est morgué sans comparaison plus diable que vous quand elle s'y met.

M. Bernard

Il faut pourtant que je mette ordre à tout ceci. Viens-çà, parle-moi un peu, écoute.

Thibaut

Mais ne nous boutons donc point en colère, vous êtes toujours de mauvaise himeur.

M. Bernard

Qui sont ces gens qui viennent d'arriver ?

Thibaut

Oh ventregué, après ceux-là, il faut tirer l'échelle, et ce sont les plus belles phisionomies de parsonnes que j'aye jamais vues.

M. Bernard

Combien sont-ils ?

Thibaut

Quatre : deux gros Monsieux qui m'ont la mine d'aimer bien la joye, avec deux belles Dames qui ne la haïssont pas, je crois.

M. Bernard

Tu ne sais comme on les appelle ?

Thibaut

Non, mais ils sont venus dans un biau carrosse tout doré, avec six gros chevaux, et je ne sais combien de laquais derrière.

M. Bernard

Et tout cet équipage est chez moi ?

Thibaut

Non, le cocher est allé bouter le carrosse sous queuque hangar dans le village, car tous les vôtres sont
plains de jarbes [6]; mais il ramènera les chevaux, et j'ai
dit que vous aviais une belle étable, où il en tiendroit
plus de vingt-quatre.

M. Bernard

Ah ! le pendart.

Thibaut

Vous serez morgué ravi d'envisager ces chevaux-là ; je
n'en ai jamais vu de si gros en ma vie. Ils m'ont tout
l'air d'être bien nourris.

M. Bernard

Il n'y a pas moyen d'y résister ; et depuis que ma
pendarde de femme m'a fait acheter cette maudite maison de campagne, j'y ai dépensé en moins d'un été
mon revenu de quatre années.

----

6. Jarbes : comprendre *gerbes* ; la figuration de la prononciation patoisante
entraîne la graphie *j* pour éviter un *g* dur.

Thibaut

Morguoy, vous vous divartissez bien aussi : toujours grand chère et biau feu, la maison ne désemplit point, et n'an vous viant voir de partout, jarnigué, c'est qu'on vous aime.

M. Bernard

Eh oui, oui, l'on m'aime, mais je voudrais bien qu'on ne m'aimât point tant.

Thibaut

Il faut que ce soit un sort, voyez-vous ; et sty qui vous a vendu la maison étoit parguenne aussi embarrassé que vous. On l'aimoit tout de même, et il ne vouloit pas non [a] plus qu'en l'aimât.

M. Bernard

Si j'avais bien su cela...

_____

a. *Gon.* : n'en.

SCÈNE V

M. BERNARD, THIBAUT, LISETTE

Lisette

Monsieur, Madame est dans le jardin avec des dames et des messieurs qui vous demandent.

M. Bernard

Que le diable les emporte, j'ai bien affaire de leur visite ! Et qui sont-ils encore ?

Lisette

Il y a ce gros abbé qui est si longtemps à table, et qui boit tant sans s'enivrer, avec un autre monsieur.

M. Bernard

Fort bien.

Thibaut

Je vous le disois bian qu'il avoit l'air d'un bon vivant.

Lisette

Et puis cette jeune Marquise, qui gagna l'autre jour l'argent de Madame.

M. Bernard

Ah, juste Ciel !

Lisette

Elle est avec cette autre dame qui est de si bonne humeur.

M. Bernard

Qui ?

Lisette

Eh là, celle qui en riant vous cassa l'autre jour toutes

ces porcelaines de Hollande [7], parce qu'elle disait qu'il n'en faut avoir que de fines.

Thibaut

Cela étoit bouffon.

M. Bernard

Ne me voilà pas mal. Et comment Madame a-t-elle reçu ces gens-là ?

Lisette

Oh, elle paraît bien fâchée contre eux.

M. Bernard

Oui ?

Lisette

Oui, car ils lui ont dit qu'ils ne seraient ici que huit jours.

---

7. Porcelaine : « Espèce de poterie fine et précieuse qui vient de la Chine [...] On la contrefait en Hollande, à Nevers et en autres lieux. » (F.). Les porcelaines de Hollande sont des faïences.

M. Bernard

Comment, huit jours ? Oh, ventrebleu, je leur ferai si
mauvaise mine qu'ils n'y seront pas si longtemps. Ne
dis-tu pas qu'ils sont dans le jardin ?

Lisette

Oui, Monsieur, dans la grande allée. Je vais leur dire
que vous allez venir.

M. Bernard

Huit jours, morbleu, huit jours ! Quatre personnes,
six chevaux et un tas de valets ! Mais ventrebleu,
faudra-t-il que j'aie des pensionnaires comme ceux-là ?
Qu'est-ce que c'est que ce gros coquin-ci encore ?

Scène VI

M. BERNARD, THIBAUT, UN SOLDAT

Le Soldat

C'est de la part de Monsieur votre neveu, Monsieur.

M. Bernard

Hé bien va, je lui donne le bonjour, mon enfant.

Le Soldat

Il viendra demain dîner avec vous, Monsieur.

M. Bernard

Je ne dîne point demain, j'ai des affaires.

Le Soldat

Voilà un faisan et quelques perdreaux qu'il vous envoie.

M. Bernard

Ah, ah, mon neveu sait mieux vivre que les autres encore. Prends ce gibier, toi, et qu'on le mette fraîchement.

Le Soldat

Il amènera deux ou trois de nos capitaines avec lui.

M. Bernard

Comment diable ! deux ou trois capitaines ! Écoute, écoute, je t'avais bien dit d'abord que j'aurai demain des affaires : tiens, reprends ton gibier, mon ami, et dis à mon neveu...

Le Soldat

Oh, ça ne fait rien, ils ne laisseront pas de venir. Ils s'ennuient comme tout à ce camp, et votre maison leur vient bien à point. Allez, ils vous tiendront bonne compagnie.

M. Bernard

Ah ! j'enrage. Comment morbleu, il m'envoie un faisan et quatre perdreaux, et il m'amène [a] cinq ou six bouches à nourrir !

---

a. *Gon.*, *Fop.*, *Flq.* : amenera.

SCÈNE VII

M. BERNARD, M. GRIFFARD

M. Griffard

Monsieur, je ne sais pas ce que cela veut dire ; mais si vous n'y mettez ordre, on viendra au premier jour tuer vos poules jusque dans votre basse-cour.

M. Bernard

Comment donc ! que veux-tu dire ?

M. Griffard

On a chassé toute la journée dans votre petit bois, et il sont venus tirer jusque dans votre clos. Est-ce que vous n'avez pas entendu ?

M. Bernard

Non vraiment, et d'où vient qu'on ne leur a point ôté leur fusil ? Pourquoi ne pas leur mettre du plomb dans la cervelle [8] ?

---

8. Jeu de mots : Plomb se dit « des balles de mousquet et autres armes à feu », dit Furetière, qui ajoute : « On dit qu'un homme a du plomb dans la teste pour dire qu'il est sage, posé, sérieux, qu'il ne fait rien à la légère. »

M. Griffard

Bon, bon. Ils sont trois ou quatre grands escogriffes de ce camp, et Monsieur votre neveu est avec eux.

M. Bernard

Mon neveu, dis-tu ?

M. Griffard

Oui, Monsieur.

M. Bernard

Ah ! le traître. Il m'envoie du gibier qui ne lui coûte guère.

M. Griffard

Vraiment, il a bon moyen de vous en envoyer ; et leurs valets en sont si chargés qu'ils ne sauraient marcher.

M. Bernard

Mais ne suis-je pas bien misérable de me voir ainsi piller de tous les côtés, et d'avoir une carogne de

femme qui veut encore que je fasse bonne mine malgré
que j'en aie. Mon pauvre Monsieur Griffard ?

M. Griffard

Monsieur ?

M. Bernard

Il faut que tu m'aides à remédier à tout ceci, mon
enfant.

M. Griffard

Volontiers, Monsieur, et le cœur me saigne de voir
manger votre bien par mille gens qui croient encore
vous faire trop d'honneur.

M. Bernard

Cela est horrible, mais n'y a-t-il point quelque bon
moyen pour faire finir tout cela ?

M. Griffard

Je ne viendrais jamais ici, si j'étais en votre place.

M. Bernard

Oui, mais ma femme y serait toute seule, et ce serait bien pis encore, elle mettrait tout par écuelles [9].

M. Griffard

C'est bien dit ; que ne vous défaites-vous de cette chienne de maison aussi ?

M. Bernard

Je ne trouve point à la vendre, elle est trop décriée, et j'ai fait une grande sottise de l'acheter.

M. Griffard

D'accord. Attendez. Faites-moi ôter tous les meubles, et n'en laissez dans le logis que ce qu'il faut pour vous nécessairement.

M. Bernard

Eh ne l'ai-je pas déjà voulu faire ? mais cela n'a servi de rien.

---

9. A foison. « On dit aussi qu'on y [dans une maison] a tout mis par escuelles pour dire qu'on y a fait une grande débauche, qu'on a mangé tout ce qui y était. » (F.)

M. Griffard

On ne resterait point à coucher chez vous, et les gens qui viendraient vous voir n'y viendraient qu'en passant du moins.

M. Bernard

Point du tout. Ma coquine les fait rester, et tout le monde couche dans ma grange comme par divertissement. J'en suis pour ma paille et mon blé, et quand je m'en fâche, elle me dit que je suis un brutal et que je ne sais pas vivre.

M. Griffard

Oh bien, Monsieur, je n'y sais donc qu'un remède.

M. Bernard

Et quel est-il ? Parle.

M. Griffard

Je mettrais le feu à la maison, je crois que vous y gagneriez encore. Mais qui est ce Monsieur-là ?.

M. Bernard

Je ne le connais point.

Scène VIII

M. BERNARD, LE MARQUIS, M. GRIFFARD

Le Marquis *parlant gascon*

Mon cher Monsieur, votre très humble serviteur.

M. Bernard

Monsieur, je vous donne le bonjour.

Le Marquis

Vous me méconnaissez à ce que je puis voir ?

M. Bernard

Oui, Monsieur, à ce qu'il me semble.

Le Marquis

Il y a pourtant longtemps que j'ai dessein de boire avec vous.

M. Bernard

Ce n'est pas une conséquence, et...

Le Marquis

J'ai laissé les dames avec ce gros coquin d'abbé, elles vont jouer au lansquenet en attendant le repas. Pour moi qui ne suis point joueur, je me range [10] auprès du maître du logis ; et je vous jure que, sans l'envie que j'avais de le connaître, je n'aurais pas fait ce petit voyage.

M. Bernard *à part*

Et qui diable t'a prié de le faire ?

Le Marquis

Savez-vous que c'est un bijou que votre petite maison, hem ?

M. Bernard

C'est un bijou dont je voudrais bien retirer mon argent.

---

10. Je me range : je viens trouver. Furetière indique les deux sens : « Se mettre du parti de quelqu'un », mais aussi : « simplement se mettre en une place, soit pour sa commodité, soit pour sa sûreté. En hiver on se range autour du feu. » Le Marquis peut jouer sur les deux sens.

Le Marquis

Plaît-il ? hem ? n'est-ce pas un charme dans la vie qu'un petit endroit comme celui-ci, pour recevoir ses amis ? Vous ne manquez point de bonne compagnie, sans doute ?

M. Bernard

Oui, Monsieur, mais j'aime fort mon petit particulier, pour moi.

Le Marquis

Il faut de bon vin, surtout ; et sans le bon vin et la bonne chère, par ma foi, je dis fi de la campagne.

M. Bernard

Oh bien, mon vin ne vaut rien du tout, et la chère que l'on fait ici n'y devrait point attirer tant de gens.

Le Marquis

Et allons, allons, vous êtes un compère qui avez l'air de vous bien traiter, et nous savons que votre épouse est d'un goût délicat sur tout.

SCÈNE IX

THIBAUT, M. BERNARD,
LE MARQUIS, M. GRIFFARD

Thibaut

Monsieur ?

M. Bernard

Qu'est-ce ?

Thibaut

C'est Monsieur le Baron de Messy qui a pardu son oysel [11] avec des grelots. Il dit qu'il est parché sur un des arbres du jardin ; ne voulez-vous pas qu'on l'y rende ?

Le Marquis

Le Baron de Messy ?

---

11. Oysel : terme archaïque. Même en parlant de fauconnerie, Furetière ne donne que *oiseau*.

Scène X

M. BERNARD, LE MARQUIS, LE BARON, THIBAUT, M. GRIFFARD

Le Baron

Je vous demande pardon, Monsieur, et j'ai à me reprocher que ce soit une occasion comme celle-ci qui me fait vous rendre mes premiers devoirs.

M. Bernard

Vous vous moquez de moi, Monsieur ; et pour être voisins, il n'est pas dit qu'on doive être toujours les uns chez les autres.

Thibaut

Je m'en vas avec vos garçons ravaindre [12] votre oysel, ne vous boutez pas en peine.

---

12. Ravaindre : Furetière donne *Aveindre* : « Tirer quelque chose d'un lieu où on l'avait enfermée, d'une place où on l'avait mise. »

Le Baron

Comment vous trouvez-vous du séjour de la campagne ?

M. Bernard

Fort mal, je vous jure, et j'en suis déjà si las...

Le Marquis

Eh vraiment, justement, c'est le Baron, c'est lui-même !

Le Baron

Et c'est vous, mon pauvre Marquis ! nous ne nous ª sommes point vus depuis l'académie [13], je crois.

Le Marquis

Sandis, mon cher, voilà une des plus heureuses rencontres que j'aie eue de ma vie.

M. Griffard [14]

Ces deux Messieurs sont fort bons amis.

a. *Fop.* : nous ne sommes.

---

13. Académie : « Se dit aussi des maisons des écuyers où la noblesse apprend à monter à cheval, et les autres exercices qui lui conviennent. Au sortir du Collège, on a mis ce Gentilhomme à l'Académie. » (F.)

14. Les éditions des Libraires Associés, postérieures à la mort de Dancourt, notent à cette réplique : « *bas, à M. Bernard* » et à la suivante : « *bas à M. Griffard* », ce qui est évident.

M. Bernard

Oui, je vois fort bien qu'ils se connaissent, mais je n'en connais pas un, moi.

Le Marquis

Monsieur, je vous le livre un des plus honnêtes hommes de la Province. Je te félicite, Baron, d'avoir un voisin comme Monsieur.

Le Baron

C'est pour moi un avantage dont je prétends bien profiter.

M. Bernard

Monsieur.

Le Marquis

Cadedis, vous serez amis, et je veux former les nœuds de cette amitié, moi.

Le Baron

C'est une grâce que je te demande.

Le Marquis

Mordi, je te l'accorde et sans remise. Nous sommes ici en bonne compagnie, renvoie ton équipage et passe quelques jours avec nous.

M. Bernard [15]

Eh bien, ne voilà-t-il pas comme ils font les honneurs de chez moi ?

Le Marquis

Hem ? Je ne barguigne point comme vous voyez, et je suis sûr que vous me saurez gré de me saisir ainsi de l'occasion, la Dame du logis ne me querellera pas non plus, je crois. Baron, te faudra-t-il beaucoup prier pour te faire demeurer à la Cour de cette Princesse ?

M. Bernard

Si cet homme-là connaît toute la noblesse du pays, il me fera des amis de tout le monde, malgré que j'en aie [a].

Le Marquis

Madame, voilà un gentilhomme que je vous présente.

a. *Gon.*, *Fop.* : malgré de tout le monde que j'en aie.

15. Mêmes éditions (voir notes 14) : *bas à M. Griffard*.

SCÈNE XI

M. et Mme BERNARD, LE MARQUIS,
LE BARON, M. GRIFFARD

Le Baron

Je suis bien heureux, Madame, d'être voisin d'une si belle personne ; et le peu de bien que j'ai dans ce pays-ci me sera désormais plus précieux que les plus belles terres du monde.

Mme Bernard

Monsieur, je suis votre très humble servante.

Le Marquis

Ce Baron n'est point [a] fat, au moins. Je le débauche, Madame, et je le fais rester ici.

---

b. *Gon.*, *Fop.*, *Flq.* : pas.

Mme Bernard

Vous ne sauriez faire plus de plaisir à Monsieur et à moi.

M. Bernard [16]

Vous en avez menti, carogne, et vous savez bien le contraire.

Le Baron

J'ai bien du regret, Madame, de ne pouvoir pas profiter de l'honneur que vous me faites ; mais j'ai chez moi quelques dames de mes parentes que je ne puis pas quitter honnêtement.

Le Marquis

Bon, tu te moques. Il a chez lui des dames et nous avons des dames. Joignons toutes nos dames ensemble. Çà, Baron, sans façon, envoyons chercher les tiennes. Plus on est de fous, plus on rit.

M. Bernard [17]

Voilà un expédient admirable. J'enrage.

---

16. *Ibid.* : *bas à Mme Bernard.*
17. *Ibid.* : *bas.*

Le Baron

Il faut donc que je les aille prendre moi-même.

M. Bernard

Fort bien.

Le Baron

Vous le voulez absolument au moins ?

M. Bernard

Point du tout ; et si cela vous gêne, je vous assure que de mon côté...

Scène XII

M. et Mme BERNARD, LE MARQUIS,
LE BARON,
THIBAUT, M. GRIFFARD

Thibaut

Monsieur, votre oysel est retrouvé, et nan lui a
rebouté sa calotte [18].

Le Baron

Je ne vous dis point adieu, et nous ne vous ferons
point attendre.

Le Marquis

Dépêche au moins, je ne me puis passer de toi.

---

18. Calotte : Le terme technique est *chaperon*.

Scène XIII

M. et Mᵐᵉ BERNARD, LE MARQUIS

M. Bernard [19]

Morbleu, Madame, vous êtes cause que je ne suis pas le maître chez moi.

Mᵐᵉ Bernard

Ne deviendrez-vous jamais raisonnable ?

Le Marquis

Il est bon homme, le Baron. Un peu trop façonnier d'abord, cela n'est point du goût du siècle. Vivent, vivent morbleu les gens de chez nous [20] pour être francs et généreux : depuis que je suis à Paris, j'ai réformé moi seul la moitié de la cour.

---

19. Éditions posthumes : *Bas à Me Bernard*.
20. Les gens de chez nous : Le Marquis est gascon (voir liste des personnages, p. 3, et didascalie p. 34), ses jurons, *Mordi*, *Cadélis*, etc., le prouvent.

Mme Bernard

Vous êtes de l'humeur du monde la plus agréable.

Le Marquis

Toujours un pied en l'air. Et donc, ces belles qu'en avez-vous fait ?

Mme Bernard

Elles sont encore au jeu, et Mariane joue pour moi.

Le Marquis

Vous avez quelques affaires ensemble, Madame. Au moins point de dépense superflue, nous avons plus d'un jour à vivre l'un avec l'autre.

Mme Bernard

Que vous êtes badin !

M. Bernard

Le pauvre enfant !

Le Marquis

Non, sans façon. La pièce de boucherie, cela suffit.
Vous avez la basse-cour, le gibier ne vous manque pas,
il ne vous faut point d'autre extraordinaire. Adieu.

M. Bernard

Si j'étais bien le maître, tu n'aurais pas seulement du
pain des valets...

SCÈNE XIV

M. et Mme BERNARD,

Mme Bernard

Vous serez toujours de la même humeur, et désormais il n'y aura plus moyen de vivre avec vous.

M. Bernard

Non, morbleu, il n'y aura plus moyen de vivre avec
moi, car je n'aurai bientôt plus de quoi vivre. Je voudrais déjà que cela fût pour ne plus voir tout ceci.

Mme Bernard

Mais vous prêchez toujours misère.

M. Bernard

C'est que vous m'y plongez, dans la misère.

Mme Bernard

En vérité, Monsieur, cela est horrible ! et il semble
que je ne sois devenue votre femme que pour être dés-
honorée dans le monde par vos manières.

M. Bernard

Et ventrebleu, Madame, je suis ruiné par les vôtres,
moi.

Mme Bernard

Si vous saviez toutes les impertinences que vous faites
dire de vous !

M. Bernard

Si vous vous corrigiez ^a de toutes celles que vous faites !

------

a. *Flq.* : corrigez.

Mme Bernard

Il n'y a pas jusqu'à vos paysans qui se plaignent que vous ne voulez pas qu'ils raccommodent les chemins du village, pour rendre votre maison plus difficile à aborder.

M. Bernard

Oui, morbleu, et je voudrais que les trous et les ornières fissent casser le col à tous ceux qui viennent ici.

Mme Bernard

Voilà de beaux souhaits, vraiment. Mais finissons. Ne venez-vous pas joindre la compagnie ?

M. Bernard

Non, Madame, et la compagnie ne me plaît pas.

SCÈNE XV

M. et Mme BERNARD, LISETTE

Lisette

Voilà Madame la Comtesse de Pré-fanné [a] qui s'en allait en Bretagne, elle vient de verser à cent pas d'ici.

Mme Bernard

La pauvre femme ! N'est-elle point blessée ?

Lisette

Non, Madame, mais son carrosse est bien rompu.

M. Bernard

Hé bien, qu'on le raccommode.

---

a. *Flq*. : Préfanné.

Lisette

On dit qu'il faudra deux ou trois jours pour le remettre en état de marcher.

Mme Bernard

Je suis à demi consolée de cet accident puisqu'il est arrivé près d'ici. Nous profiterons de sa mauvaise aventure.

M. Bernard

Quoi, vous allez...

Mme Bernard

Peut-on se dispenser d'offrir sa maison à une femme de qualité ?

M. Bernard

Si l'on peut s'en dispenser !

Mme Bernard

Voilà ce que font vos trous et vos ornières.

M. Bernard

Vous êtes bien aise d'avoir cela à me dire, morbleu.

SCÈNE XVI

M. et Mme BERNARD, LE COUSIN, LA COUSINE

Le Cousin

Bonjour, ma cousine.

Mme Bernard

Ah, ah, bonjour, Chonchon, bonjour. Tenez, voilà votre cousin que vous allez faire bien aise.
Elle rentre.

Le Cousin

Oh je m'en doute bien. Bonjour, mon cousin.

M. Bernard

Bonjour... Courage !

Le Cousin

Voilà ma sœur que j'ai amenée dans une carriole.

La Cousine

Bonjour, mon cousin.

Le Cousin

Nous avons pensé mourir tous deux, et nous venons achever d'être malade chez vous.

M. Bernard

Comment donc ?

Le Cousin

Nous venons un peu prendre l'air pendant quinze jours ou trois semaines, pour nous remettre un peu.

M. Bernard

L'air de ce pays-ci ne vaut rien.

La Cousine

Mon père dit qu'il est admirable.

Le Cousin

Je vous aurais bien amené mon autre sœur avec mon petit frère, mais la carriole était trop petite, et ils ne viendront qu'après-demain avec ma mère.

M. Bernard

Oui ? [21] Maugrebleu de la chienne de parenté !

Le Cousin

Allons, ma sœur, allons faire mettre nos hardes dans une chambre, et puis nous irons voir ma petite cousine.

La Cousine

Mais, mon frère, il faudrait prier mon cousin qu'on nous fît faire un petit potage.

---

21. Éditions posthumes : *bas*.

Le Cousin

Ah oui. A propos, mon cousin, ma mère vous prie
bien fort que nous ayons tous les jours de petits potages.

M. Bernard

Morbleu, ceci passe la raillerie.

La Cousine

Et quelquefois de petits poulets rôtis, mon frère, le
médecin l'a dit.

Le Cousin

Non pas, s'il vous plaît, ma sœur, de petites perdrix,
de petites perdrix, et le médecin dit que cela nous réta-
blira beaucoup mieux : n'est-ce pas, mon cousin ?

Ils rentrent.

M. Bernard

Ouais... Je ne sais pas ce que cela signifie, mais il
semble qu'on ait dessein de me faire pièce : de petits
potages, de petits poulets, de petites perdrix. Ce grand

Nicodème de cousin m'a plus mis en colère que tout le reste, et cependant je n'ai jamais eu la force de le lui dire : mais c'en est trop. Allons, morbleu, une bonne résolution. Je m'en vais être homme à la barbe de ma femme [22]. Il faut que je commence par faire quelque incartade aux gens qui sont déjà ici, il en arrivera ce qu'il pourra.

SCÈNE XVII

M. BERNARD, THIBAUT

Thibaut

Oh palsanguoy, Monsieur, vous ne me querellerez plus tant. Il viant de vous venir, morgué, une bonne aubenne, vla [a] ce que c'est de ne pas toujours tenir la porte farmée.

M. Bernard

Qu'y a-t-il ?

a. *Flf.* : vela.

_____

22. Cf. Molière, *Les Femmes savantes*, II, 9 : « Et je m'en vais être homme à la barbe des gens. »

Thibaut

Je veux dire que si vous avez ici bien du monde, vous avez morguenne aussi de quoi les nourrir.

M. Bernard

Comment donc ?

Thibaut

Un cerf qui est, morguoy, gros comme un âne, viant d'arriver dans votre cour tout essouflé ; quoique vous m'ayez défendu de laisser entrer parsonne, je n'ai pargué pas été si sot que de ly farmer la porte au nez. Je l'ai bravement laissé passer, je lui ai bravement ôté mon chapiau, et j'ai dit à part moi : Bon, vla de la provision pour cheux nous, et notre maître ne sera plus si enragé.

M. Bernard

Hé bien ?

Thibaut

Hé bian, hé bian, le drôle s'est allé fourrer tout au fond de l'étable darrière un tas de foin. Il croyoit être bien caché là ; mais morgué, il n'avoit pas affaire à un gniais. Je ne sis ni fou ni étourdi, voyez-vous, et crainte qu'il ne s'en retournît comme il étoit venu, avec un bon fusil que j'ai été chercher dans la cuisine, je lui ai sanglé un bon chinfregniau par la face, et depis il n'a pas grouillé. Hé bian morgué, jurerez-vous contre moi d'avoir laissé entrer sty-là ?

M. Bernard

Non vraiment, tu as bien fait, au contraire ; et tu es un garçon de bon sens, pour le coup.

Thibaut

Ne vous boutez pas en peine. Il n'est pas tout seul, il y a je ne sais combien de chiens qui japont dans le village après d'autres, je gage ; je m'en vas au bout de la petite ruelle, et tout autant qu'il en viendra, je les détornerai envars ici, et ils seront pris comme des sots. Jarnigué, que de pâtez j'allons avoir ! [a]

M. Bernard

Le Ciel n'est pas tout à fait injuste, et cela ne pouvait arriver plus à propos.

------

a. *Flq*. : que de pâtez que j'allons avoir.

Scène XVIII

M. BERNARD, NICOLE

Nicole

Et qu'est-ce donc, Monsieur, que voulez-vous faire de tous ces chiens-là ? Est-ce vous qui avez dit qu'on les amenât dans votre jardin ?

M. Bernard

Moi ?

Nicole

Ils sont, je crois, plus de quarante qui accommodont bian votre parterre et vos choux. Comme ils labouront ! Il ne leur faut point de pioche.

M. Bernard

Ah Ciel ! il ne me fallait plus que cela pour m'achever de peindre ! [23]

---

23. Peindre : « Se dit proverbialement en ces phrases : Voilà pour l'achever de peindre, c'est-à-dire pour achever de le ruiner. » (F.)

Nicole

Il en est entré trois ou quatre dans ma cuisine, qui ont emporté la moitié de votre soupé que j'allois mettre à la broche.

M. Bernard

Comment donc, morbleu, jusqu'aux chiens, tout sera à bauge [24] chez moi ?

Nicole

Voirement, ce ne sont pas les chiens qui font le plus de désordre. Ils sont trois ou quatre grands escogriffes et autant de valets qui ne demandont qu'où est-ce ? Ce ne sont pas des hommes, ce sont des diables.

M. Bernard

Ah ! que la vie de la campagne est une abominable vie !

---

24. Bauge : « Se dit proverbialement en cette phrase : Avoir tout à bauge pour signifier avoir en abondance et se dit particulièrement des valets à la discrétion desquels on a abandonné les provisions d'une maison. » (F.)

Scène XIX

M. BERNARD, THIBAUT, M. GRIFFARD

Thibaut

Oh palsanguoi, en voilà bian d'une autre ; ils voulont ravoir leur cerf à toute force : mais ils ne l'auront morgué pas.

M. Bernard

Ah, double chien, tu m'as fait de belles affaires avec ton cerf !

Thibaut

Ils ne l'auront morgué pas, vous dis-je, ils me tueriont plutôt.

SCÈNE XX

M. BERNARD, THIBAUT, NICOLE,
M. GRIFFARD

M. Griffard

Monsieur, ces Messieurs vous demandent.

M. Bernard

Quels Messieurs ? Y a-t-il encore quelque chose de nouveau ?

M. Griffard

Non, Monsieur, ce sont ces chasseurs. Les voilà qui montent à la chambre de Madame.

M. Bernard

Ils ne sont donc plus dans la cuisine ?

M. Griffard

Il n'y a que leurs gens.

M. Bernard

Ma pauvre Nicole, va prendre garde à ces fripons-là.

Thibaut

Oh ventregué, ne vous boutez pas en peine, je leur tiandrai bian tête moi tout seul.

M. Bernard

Mon pauvre Monsieur Griffard, je ne sais plus où j'en suis.

M. Griffard

Il faut mettre le feu à la maison.

M. Bernard

Écoutez, il ne me faudrait point trop presser là-dessus.

M. Griffard

Il faut le faire, vous dis-je.

M. Bernard

M'ont-ils fait bien du dégât ?

M. Griffard

Bon, bon, vous ne savez pas tout. Chiens, chevaux, maîtres et valets, tout restera ici jusqu'à demain matin pour être au bois de meilleure heure. Je leur ai oui faire le complot.

M. Bernard

Ah ! ah ! je suis mort, et voilà de quoi abîmer [25] tout le village. Quoi ! ventrebleu, des gens que je ne connais point !

M. Griffard

Ils vous connaissent bien, eux.

---

25. Abîmer : « Figurément ruiner de fond en comble, Ce chicaneur a abymé sa partie. » (F.)

M. Bernard

Ils me connaissent, comment le sais-tu ?

M. Griffard

Cela vous fâchera si je vous le dis.

M. Bernard

Et quelque chose peut-il me fâcher plus que je le suis ?

M. Griffard

Ils disent que c'est pain béni de venir ronger un homme de robe à la campagne, et qu'à Paris, c'est vous qui rongez les autres.

M. Bernard

Les scélérats !

M. Griffard

Et je suis le plus trompé du monde s'ils n'ont dessein de vous faire quelque pièce. J'ai entendu par-ci par-là de certaines choses.

M. Bernard

Oui ? Oh parbleu, c'est moi qui leur en vais faire une. Viens-t-en avec moi seulement.

M. Griffard

Comment ?

M. Bernard

Cela part de là, vois-tu.

M. Griffard

Qu'est-ce que c'est ?

M. Bernard

Viens-t-en avec moi, te dis-je. Pour cela, l'esprit est une belle chose ! Ah si je m'en étais avisé plus tôt, je me serais épargné bien des chagrins.

SCÈNE XXI

M. BERNARD, LISETTE, M. GRIFFARD

Lisette

Monsieur, Madame vous prie bien fort de venir, et elle ne peut pas fournir toute seule à la conversation de tant de monde.

M. Bernard

La double masque ! Il lui sied bien de me vouloir plaisanter encore, mais ventrebleu, rira bien qui rira le dernier.

Lisette

Allez-vous venir, Monsieur ?

M. Bernard

Je m'en vais... Je m'en vais lui servir un plat de ma façon. Tu n'as qu'à lui dire.

Lisette *seule*

Par ma foi, il n'a pas trop de tort d'être fâché, et je lui trouve assez belle patience.

SCÈNE XXII

MARIANE, LISETTE

Lisette

Quoi, vous quittez ainsi votre belle-mère !

Mariane

La tête me fend, Lisette, je ne puis plus résister à tant de fracas. En vérité, mon père a bien raison de n'aimer point la campagne, et outre la dépense qu'il est obligé d'y faire, on n'y vit point assez tranquille.

Lisette

C'est à quoi je rêvais tout à l'heure. Mais songez-vous à écrire un mot à Éraste.

Mariane

Tu sais bien que je n'ai pu le faire depuis qu'il est sorti d'ici.

Lisette

Songez donc à le faire à présent. C'est un petit étourdi qui fera quelque coup de sa tête s'il n'a point de vos nouvelles ; vous savez qu'il vous l'a promis, il est homme à vous tenir parole, et dans le chagrin où est votre père, il ne ferait pas bon l'irriter encore par cet endroit-là.

Mariane

Et comment fera-t-on pour lui rendre ma lettre ?

Lisette

Voyez ! le village est-il si grand, et aurai-je tant de peine à le trouver ?

Mariane

Tu la lui porteras donc toi-même ?

Lisette

Oui, je la lui porterai.

Mariane

Je vais l'écrire.

SCÈNE XXIII

MARIANE, LE COUSIN, LISETTE

Le Cousin

Et où allez-vous comme ça, ma cousine ? venez çà, venez çà, j'ai quelque chose à vous dire qui vous fera bien rire.

Lisette

Laissez-la aller, elle n'a pas le temps.

Le Cousin

Oh si fait, si fait.

Mariane

Dépêchez-vous donc, mon cousin.

Le Cousin

J'ai trouvé en arrivant ici un petit jeune Monsieur que j'ai vu quelquefois avec vous.

Mariane

Paix, mon cousin.

Lisette

Mort de ma vie, ne parlez pas de cela !

Le Cousin

Oh, je me doute bien qu'il n'en faut rien dire devant le monde ; et je vous ai fait signe, je ne sais combien de fois là-haut, que j'avais à vous parler en cachette.

Mariane

Je ne m'en étais point aperçue.

Le Cousin

Je suis secret, voyez-vous. Demandez, demandez à mes sœurs, j'ai toujours su toutes leurs petites affaires, et si je n'en ai jamais rien dit, ni à mon père, ni à ma mère.

Mariane

Oh, mon cousin Chonchon est un bon enfant.

Lisette

Hé bien, vous a-t-il reconnu, ce Monsieur ?

Le Cousin

S'il m'a reconnu ? Il m'a tant fait de caresses, il m'a tant embrassé. Allez, ce garçon-là m'aime bien, ma cousine.

Mariane

Oh, je le crois, mon cousin. Mais ne vous a-t-il rien dit ?

Le Cousin

Il m'a demandé où j'allais. Je lui ait dit que je venais ici. Il m'a dit que j'étais un petit fripon qui me divertis-

sais bien, et que j'avais toute la mine de ne vouloir pas
que mon cousin me vît seulement. Il prenait ma sœur
pour quelque maîtresse que je menais promener en catimini.

Mariane

Hé bien, mon cousin ?

Le Cousin

Hé bien, ma cousine, il a voulu parier dix pistoles
que je n'y venais pas, et j'ai parié que j'y venais, moi.
L'honneur de ma sœur y était engagé, voyez-vous.

Lisette

Assurément.

Le Cousin

Je lui ai dit qu'il n'avait qu'à me faire suivre, mais il
n'a pas voulu ; et pour plus de sûreté, il m'a dit qu'il
allait m'attendre à cette petite porte du jardin qui donne
dans les champs, et que si je ressortais par là, il verrait
bien que je serais entré dans la maison.

Mariane

Hé bien, mon cousin ?

Le Cousin

Hé bien, j'ai été ouvrir la porte, il est entré, et il m'a payé les dix pistoles.

Lisette

Cela est bien honnête.

Le Cousin

Oui, mais il a voulu avoir sa revanche.

Lisette

Et comment sa revanche ?

Le Cousin

Il a gagé que je ne vous viendrais pas dire qu'il est là ; j'ai gagné, comme vous voyez, et il faut que vous veniez lui dire, ma cousine, s'il vous plaît.

Mariane

Moi, que j'aille parler à un homme ?

Lisette

Et que diantre ! personne ne vous verra là ; et puis voulez-vous faire perdre dix pistoles à votre cousin Chonchon ?

Mariane

Allons-y donc, Lisette, au moins ce n'est que pour vous faire gagner la revanche de la gageure.

Le Cousin

S'il veut gager encore quelque chose, je lui donnerai son tout [a][26]. Allez. Ne me ferez-vous pas gagner, ma cousine ?

a. *Flq.* : tour.

---

26. Tout : « Au jeu, on dit, Partie, revanche, et le tout, c'est-à-dire le double du jeu ; et le tout du tout, c'est le quadruple. » (F.)

Scène XXIV

THIBAUT, LISETTE

Thibaut

Oh par ma foi, le tour [a] est drôle, ils ne s'attendent morguenne pas à çà.

Lisette

Quel autre incident est-ce encore ici ?

Thibaut

Jarni, qu'il est bon là !

Lisette

A qui en as-tu ?

---

a. *Flq.* : tout.

Thibaut

Je ne sommes pu cheux nous, mon enfant, je sommes au cabaret.

Lisette

Au cabaret, que veux-tu dire ?

Thibaut

Oui, morgué, au cabaret. Tien, notre Maître et Monsieur Griffard venont de plaquer une vieille épée toute rouillée au-dessus de la porte avec un bouchon de lierre [27], et ils ont griffonné au-dessous avec un gros charbon : *A l'Épée royale.*

Lisette

En voici bien d'une autre.

Thibaut

Dame, c'est ici l'Épée royale, bon logis à pied et à cheval. La maison est morgué bien achalandée toujours.

_____

27. « Bouchon de taverne est un signe qu'on met à une maison pour montrer qu'on y vend du vin à pot. Il est fait de lierre, de houx, de cyprès et quelquefois d'un chou. » (F.)

Lisette

Courons avertir Mariane de l'extravagance de son
père.

Thibaut

Vous varrez qu'il n'y viandra pas tant de monde.

SCÈNE XXV

M. BERNARD, THIBAUT, M. GRIFFARD

M. Griffard

Cette invention est admirable.

M. Bernard

Nous allons voir des gens bien penauds.

Thibaut

Le diable m'emporte, si vous n'avez plus d'esprit que
ly.

M. Bernard

Tu peux à présent laisser entrer tout le monde.

Thibaut

Moi, j'appellerai les passants si vous voulez, et je gage que vous allez couper la gorge à tous les autres cabaretiers. Ils ne gagneront pas de l'eau [28]. Vla monsieur votre fils qui ne se doute pas de la manigance.

SCÈNE XXVI

M. BERNARD, DORANTE, THIBAUT, M. GRIFFARD

M. Bernard

Qu'est-ce, Dorante, vous voilà bien seul aujourd'hui ? vous avez pourtant coutume de ne pas revenir sans compagnie.

---

28. Ils ne gagneront rien du tout. Probablement expression populaire.

Dorante

J'ai pris un peu les devants, mon père, pour vous prier instamment de faire un accueil favorable à celle que je vous amène aujourd'hui.

M. Bernard

Pourquoi non ? Vous êtes le maître, on vous fait honneur et à moi aussi. Vous êtes-vous bien diverti d'où vous venez ?

Dorante

Le mieux du monde, et j'ai trouvé une occasion tout à fait avantageuse pour nous procurer des amis dans la province.

M. Bernard

J'en suis ravi, je vous assure, il est bon de connaître d'honnêtes gens.

Dorante

C'est un accommodement qu'on veut faire entre deux gentilshommes, qui depuis vingt-cinq ou trente ans sont à couteaux tirés pour une dispute qu'eurent autrefois leurs grands-pères.

M. Bernard

Voilà une querelle bien ancienne, et cela est glorieux à accommoder.

Dorante

Ces affaires-là font toujours honneur aux personnes chez qui elles se terminent.

M. Bernard

Assurément.

Dorante

J'appréhendais, mon père, que cela ne vous fît point autant de plaisir que cela me paraît vous en faire.

M. Bernard

Pourquoi cela ?

Dorante

Je sais que vous n'aimez point la dépense.

M. Bernard

Oh, je suis bien changé depuis que vous ne m'avez vu. Sont-ils beaucoup ?

Dorante

Huit ou dix de chaque côté.

M. Bernard

Ce n'est guère.

Dorante

Les uns vont arriver et les autres seront ici demain.

M. Bernard

Oh, çà, çà, je vais me préparer pour les recevoir.

Dorante

Ah ! mon père, que je vous ai d'obligation !

M. Bernard

Ce sont gens de bonne chère et de plaisir, n'est-ce pas ?

Dorante

Oui, mon père, les plus honnêtes gens du monde.

M. Bernard

Tant mieux. Je suis à vous dans un moment ; ne vous ennuyez pas.

Scène XXVII

DORANTE, THIBAUT

Thibaut

Il leur va jouer quelque tour de maître Gonin [29]. Tudieu, vla un futé manœuvre. Il ne faut faire semblant de rien.

---

29. Tour de Maître Gonin : Expression courante, utilisée déjà par Larivey. Gonin est le nom de trois prestidigitateurs fameux, dont l'un vivait sous François Ier, l'autre sous Charles IX, le troisième sous Louis XIII. Cf. Abbé Bordelon, *Les Tours de Maître Gonin* (Paris, 1713). Par ailleurs, « on appelle proverbialement et ironiquement un homme fin et adroit, un *ruzé manœuvre* » (F.).

Dorante

Cela est admirable. Comme mon père est changé
d'humeur depuis trois jours ! Thibaut, ne trouves-tu pas
cela tout extraordinaire ?

Thibaut

Oui, morgué, cela est tout à fait bouffon.

Dorante

Ne sais-tu point d'où vient un si prompt changement ?

Thibaut

C'est que...   *Il rit*

Dorante

A qui en a donc ce maroufle ?

Thibaut   *Il rit*

Monsieur, c'est que... morgué, c'est un drôle de
corps que votre père !

Dorante

Écoute, si tu me fais prendre un bâton...

Thibaut

Ne vous fâchez donc point, vla vos houberiaux qui arrivent.

SCÈNE XXVIII [a]

DORANTE, TROIS HOUBEREAUX, THIBAUT

Dorante

Soyez les bienvenus, Messieurs. Qu'ont mette les chevaux de ces Messieurs à l'écurie.

I. Houbereau

Savez-vous que vous êtes bien logé ?

---

a. *Gon.* saute directement de la scène XXVII à la scène XXIX (erreur de numérotation).

Dorante

La maison est assez agréable.

II. Houbereau

Et le fief est bien noble, qui plus est.

Dorante

Oui, la terre est fort belle.

II. Houbereau

Et à qui le dites-vous ? Cette maison-ci devrait être à moi ; et c'est feu mon grand-père qui l'avait vendue au père de celui qui l'a vendue à Monsieur votre père.

Dorante

Je le crois bien. Ca, Messieurs, ne parlons point aujourd'hui d'affaires, et ne songeons ce soir qu'à nous divertir. Où sont donc ces autres Messieurs ?

III. Houbereau

Ils n'arriveront d'une bonne heure ; et comme leurs juments sont pleines, ils n'ont jamais voulu les galoper.

Dorante

Ne voulez-vous point vous débotter ?

I. Houbereau

Non, s'il vous plaît, ma botte me tient la jambe fraî-
che.

Dorante

Est-ce que vous êtes botté à cru ? [30]

I. Houbereau

Savez-vous bien qu'en été il n'y a rien de meilleur ?

II. Houbereau

Moi, je trouve qu'il n'y a rien de si commode que de
ne se botter qu'avec des guêtres.

Dorante

Vous avez raison. Mais mon père, quel équipage [31]
est-ce là ?

---

30. Botté à cru : « sans bas sur la peau » (F.)
31. Voir p. 230, note 1.

SCÈNE XXIX

M. BERNARD, DORANTE,
LES TROIS HOUBEREAUX, M. GRIFFARD

M. Bernard

C'est un déshabillé pour la cuisine.

Dorante

Comment, mon père...

M. Bernard

Sont-ce là ces Messieurs ?

Dorante

Oui, mon père.

M. Bernard

Ça vitement, dépêchons-nous, une chambre pour ces Messieurs. Voulez-vous descendre dans la cuisine pour voir ce que vous mangerez ?

I. Houbereau

Vous vous moquez de nous, Monsieur, et votre ordinaire nous suffit.

M. Bernard

A table d'hôte [32] ? Je vous entends, tant par tête. Combien êtes-vous, s'il vous plaît ?

Dorante

Mon père, que dites-vous là ? que faites-vous ? quel est votre dessein ?

M. Bernard

Paix, mon fils, vous êtes une bête.

II. Houbereau

Dans quelle chienne de maison nous a-t-on amenés ?

---

32. « On appelle *table d'hôte* celle d'une auberge ou d'hostellerie, où on reçoit à manger moyennant un tel prix par tête pour chaque repas. » (F.)

M. Bernard

C'est l'Épée Royale, à votre service.

Dorante

Mon père !

M. Bernard

Il y a de bon vin, mais je le fais bien payer.

III. Houbereau

C'est une pièce qu'on nous fait.

Dorante

Ah ! je crève.

M. Bernard

Vous pouvez voir ailleurs, Messieurs, on vous accom-
modera peut-être mieux ; mais pour moi je suis cher, je
l'avoue.

Dorante

Je suis dans le dernier désespoir.

II. Houbereau

La raillerie est un peu forte.

Dorante

Messieurs, ne prenez point, je vous conjure pour...

II. Houbereau

Mon petit gentilhomme cabaretier, je ne vous dis pas adieu [33].

Dorante

Mon cher Monsieur de la Garannière...

II. Houbereau

Qu'on bride mon cheval.

---

33. C'est-à-dire : nous nous reverrons bientôt. Entendez : « Vous aurez de mes nouvelles », soit en lui envoyant un cartel, pour se battre avec lui, soit, d'une façon plus méprisante, en le faisant rosser par ses valets.

M. Griffard

En voilà déjà un de parti.

Dorante

Monsieur de Trofignac, empêchez de grâce...

III. Houbereau

Touchez-là [34].

Dorante

Mon cher ami !

III. Houbereau

Je vous assommerai avant qu'il soit peu.

Dorante

Ils sont en droit de me dire cent fois pis encore.

---

34. Refus ironique, équivalent de « Serviteur ! ». Voir Furetière : « On dit aussi, *Touchez* là, il n'en sera rien, pour dire qu'on ne veut pas faire une chose, parce qu'on a coutume de se toucher dans la main pour conclure un marché. »

I. Houbereau

Monsieur de l'Épée Royale, vous aurez au premier jour les étrivières de ma façon.

Dorante

Ah ! je n'ai plus de mesures à garder, me voilà déshonoré pour toute ma vie, et je ne dois songer qu'à mourir.

M. Bernard

Monsieur mon fils, cela vous apprendra à vivre.

Dorante

Moi, votre fils ! A vos manières, je ne reconnais point mon père, et je vais publier moi-même l'indignité d'un tel procédé.

M. Bernard

Les voilà pourtant partis, et l'Épée Royale fait des merveilles.

Scène XXX

M. BERNARD, M. GRIFFARD

M. Griffard

Il n'y avait point d'autre remède pour vous défaire de tous ces gens-là.

M. Bernard

Je voudrais bien savoir ce que dira Madame ma femme de tout ceci.

M. Griffard

Oh, vous le saurez, elle vous le dira à vous-même, elle ne se contraint pas avec vous.

M. Bernard

Oui, mais je serai ravi d'entendre ce qu'ils disent entre eux de l'invention que j'ai trouvée.

M. Griffard

Cela n'est pas bien difficile. Mais voici quelqu'un.

Scène XXXI

LISETTE, LA FLÈCHE,
M. BERNARD, M. GRIFFARD

Lisette

Quoi ! ce grand Monsieur qui nous a trouvé dans le jardin ?

La Flèche

Oui, te dis-je, c'est l'oncle de mon maître, qui est capitaine des chasses de tout ce pays-ci. Il aime son neveu à la folie.

M. Bernard

Comment diable, voilà le valet d'Éraste ; est-ce qu'Éraste serait chez moi ?

La Flèche

Oh, par ma foi, voilà Monsieur Bernard.

M. Bernard

Que fais-tu ici, coquin ?

La Flèche

Rien, Monsieur : je demandais une chambre à cette fille pour mon maître.

M. Bernard

Une chambre pour ton maître ?

Lisette

Oui, Monsieur, Éraste est là-haut avec Madame et Mademoiselle votre fille.

M. Bernard

Éraste est avec ma fille !

La Flèche

Oui, Monsieur ; mais je voudrais bien savoir où il couchera pour y mettre nos hardes.

M. Bernard

Comment, coquin ?

La Flèche

Savez-vous bien que vous tenez le plus beau cabaret de toute la route ?

M. Bernard

Attends, attends, je m'en vais t'apprendre...

La Flèche

Faites-moi toujours tirer chopine, je vous prie.

SCÈNE XXXII

M. et Mme BERNARD, LA FLÈCHE

Mme Bernard

Hé bon Dieu, Monsieur ! qu'est-ce que tout ceci ? Ne rougissez-vous point de vouloir faire un cabaret de votre logis, et trouvez-vous que l'équipage où vous êtes convienne fort à un homme de votre caractère [35] ?

M. Bernard

Pourquoi non, Madame ? Ne vaut-il pas autant vendre mon vin à la campagne, que de le faire vendre à pot [36] dans Paris, comme la plupart de mes confrères ?

Mme Bernard

Eh fi ! Monsieur.

M. Bernard

Je me moque de cela, et je ne veux point être ruiné.

Mme Bernard

Oh, bien, Monsieur, vous êtes plus près de l'être que vous ne l'imaginez. Je n'entends point du tout les affaires ; mais il y a là-haut des gens en disposition de vous en faire une très mauvaise.

---

35. Caractère : désigne souvent la dignité attachée à un état. M. Bernard est procureur.

36. Vendre à pot : Au détail, mais à emporter. « Les bourgeois vendent leur vin à pot. Les Cabaretiers vendent leur vin par assiette. » (F., art. *Vendre*). Et à l'article *Assiette*, on lit la précision : « Il y a des taverniers qui vendent du vin à pot, d'autres par assiette, qui mettent la nappe. »

M. Bernard

Comment donc, Madame, une mauvaise affaire ?

SCÈNE DERNIÈRE

M. et Mme BERNARD, ÉRASTE, LA FLÈCHE,
M. GRIFFARD

Éraste

Non, Monsieur, n'appréhendez rien.

M. Bernard

Ah, Ah, Monsieur, que venez-vous faire chez moi ?
Ne vous ai-je pas fait dire...

Éraste

Écoutez-moi, s'il vous plaît, et vous ne vous plaindrez
pas que je sois chez vous, assurément. La sottise qu'a
faite un de vos valets de tuer un cerf qui s'était sauvé

chez vous, et qu'on a trouvé caché dans votre écurie, suffirait pour renverser une fortune encore mieux établie que la vôtre ; et je ne sais même si mon oncle ne risquera pas la sienne en ne poussant pas la chose. Cependant, Monsieur, si vous voulez bien que j'aie l'honneur d'être votre gendre, il n'en sera jamais parlé.

M. Bernard

Non, Monsieur, et je ne donnerai ma fille qu'à un homme qui achètera ma maison, car je m'en veux défaire.

Éraste

Qu'à cela ne tienne, Monsieur, je vous rendrai tout ce qu'elle vous a coûté, et vous y serez toujours le maître.

M. Bernard

Non, s'il vous plaît, et vous commencerez dès aujourd'hui même à en faire les honneurs et la dépense.

Éraste

De tout mon cœur.

M. Bernard

Eh bien, je vous donne donc ma fille pour être défait de ma maison.

Éraste

Allons rejoindre la compagnie, je voudrais bien qu'elle fût plus nombreuse.

Mme Bernard

Mais le pauvre Dorante a sur les bras une fort mauvaise affaire.

Éraste

Nous accommoderons tout, Madame, et ces Messieurs qu'il avait amenés, ne refuseront pas d'être des noces.

La Flèche

Mon maître n'est pas mal dans ses affaires avec une jolie femme, et une maison de bouteille [37] : il aura plus d'amis qu'il ne voudra.

FIN

---

37. Maison de bouteille : « On appelle une *maison de plaisance*, une maison de campagne, celle qu'on prend plaisir à embellir, à orner pour s'y aller divertir. Chez les bourgeois, on l'appelle *Maison de bouteilles* parce qu'ils sont obligés d'y recevoir leurs amis et leur faire bonne chère. » (F.). La comédie de Dancourt étant antérieure de deux ans à l'édition du *Dictionnaire* de Furetière, il se peut que, même avant d'être imprimée, elle ait influencé certaines de ses définitions.

LA FOIRE SAINT-GERMAIN

Comédie en un acte
jouée pour la première fois
sur la scène de la Comédie-Française
le 19 janvier 1696

———

TEXTE

Le texte suivi est celui de l'édition Ribou de 1711 :

LES ŒUVRES / DE MONSIEUR / D'ANCOURT. /
SECONDE EDITION / Augmentées de plusieurs Comedies qui
n'a / voient point été imprimées. / Ornées de Figures en taille-
douce, et de / Musique / TOME TROISIEME / A PARIS /
chez PIERRE RIBOU, Quay des / Augustins, à la Descente
du Pont / Neuf, à l'Image S. Loüis / MDCCXI / Avec Approbation & Privilege du Roy.

Autres éditions de référence et indications des abréviations :
Guil. : *LA / FOIRE / SAINT / GERMAIN, / comedie /
De Mr DANCOURT* / A Paris / chez Thomas
Guillain, à / la descente du Pont-neuf, près les /
Augustins, à l'Image S. Louis MDCLXXXXVI /
Avec Privilège du Roy.

C'est l'édition originale. On la retrouve dans le recueil fac-
tice de 1693 et dans *LES ŒUVRES DE Mr DANCOURT,*

de Pierre Ribou, éditions de 1698 et 1706, également recueils
factices.

Fop. : *LA FOIRE SAINT-GERMAIN,* / comédie / de /
Mr Dancourt, dans *PIECES / DE / THEATRE /
composées / par / Mr. DANCOURT,* / Tome II / A
Brusselle, / Chez François Foppens / 1698.

Flq. : *LES ŒUVRES / DE Mr DANCOURT / contenant /
les nouvelles Pieces de / Theatre / Qui se jouent à
Paris, / Ornées de Danses et de Musique.* / Tome
second / A LA HAYE / chez ETIENNE FOULQUE,
Mar/chand libraire, dans le Pooten / MDCCVI / Avec
privilège des Etats de Hollande et de Westphalie.

Nous ne possédons pas de manuscrit de *La Foire Saint-
Germain.*

ACTEURS

Mlle MOUSSET, Marchande de robes de chambre.

LORANGE, Marchand de café, vêtu en Arménien [1].

Mesdemoiselles MANON
          MIMI   } Marchandes de la Foire.
          LOLOTTE

LE CHEVALIER de Castagnac, Gascon.

URBINE, sœur du Chevalier.

CLITANDRE, amant d'Angélique.

LE BRETON, valet de Clitandre.

ANGÉLIQUE, maîtresse de Clitandre.

Mme ISAAC, gouvernante d'Angélique.

JASMIN, laquais d'Angélique.

M. FARFADEL, Financier.

Mme DE KERMONIN, sœur du [a] Breton.

a. *Gui., Flq.* : de.

---

1. Il y avait effectivement à la foire un Arménien célèbre, Pascal, qui depuis 1672 y vendait 2 s. 1/2 une tasse de café tout chaud.

MAROTTE, petite Grisette.

Mme BARDOUX, mère d'Angélique.

Plusieurs acteurs du cercle qui composent le Divertissement.

La scène est dans un des carrefours
de la Foire Saint-Germain.

LA FOIRE SAINT-GERMAIN

COMÉDIE

Le Théâtre représente un des carrefours de la Foire.

Scène Première

Mlles MANON, MIMI, LOLOTTE
dans leurs boutiques

Mlle Mousset

De belles robes de chambre, Messieurs, des étoffes de la Chine [2] ? des bonnets à la Bénéficière, des déshabillés à bonne fortune ? Voyez ici Mesdames !

---

2. Il s'agit d'étoffes de soie, de bonnets d'une forme qui rappelait les bonnets carrés des abbés et de tenues d'intérieur élégantes. Dans *L'Été des coquettes*, Lisette, raillant la tenue peu ecclésiastique de l'Abbé, dit que c'est « son habit à bonne fortune ».

Mimi

Des rubans d'or, des tabliers ? des fichus ? de belles écharpes, Messieurs ?

Lolotte

Des tabatières ? des cannes ? des cordons de chapeau ? des nœuds d'épée, Mesdames ?

Manon *en Turque*

Marchandises du Levant, Messieurs ? Eaux de senteur de Constantinople ? Baume de Perse ? mastic pour les trous de petite vérole ? ciment pour recrépir les visages ? Nous avons ce qu'il vous faut, Mesdames.

Lorange [a]

Café, thé, chocolat ? Vin de saint Laurent ? Vin de Laciota [b] ? Vin de Canarie ? [3]

a. *Gui* et *Fop.* ont ici, à la place de Lorange : GARÇON *limonadier*.
b. *Flq.* : Latiota.

3. Ce sont des vins doux. Furetière dit que « le vin de liqueur est un vin doux et piquant, qu'on boit par ragoût à la fin du repas, et qu'on ne boit point à l'ordinaire, comme le vin d'Espagne, de Canarie, vin de Coindrieu, muscat de Saint-Laurent, de la Ciutad, etc. ».

SCÈNE II

LE CHEVALIER, URBINE

Urbine

Venir tant de bonne heure [a] à la Foire Saint-Germain !
vous n'y portez pas attention, Chevalier ?

Le Chevalier

A toutes les heures du jour, gens de chez nous, ma
sœur, pensent à leurs affaires, et font très bien. Nous
sommes d'une noblesse tellement ancienne que tous nos
biens en sont usés : nous n'avons, vous et moi, d'autre
patrimoine que le savoir-faire ; mais qu'importe ? Les
sots doivent tribut aux gens d'esprit, et il y a dans cette
Foire Saint-Germain, quantité de bureaux où je me fais
payer mes rentes.

Urbine

Hé donc, en venez-vous toucher quelqu'une aujour-
d'hui ?

---

a. *Fop.* : de tant bonne heure.

Le Chevalier

Cadedis, ma chère sœurette, je suis sans cesse à
l'affût de la fortune. Je lui ai donné la chasse à la cour,
j'ai cru la tenir par le toupet, la coquine s'est trouvée
chauve. A la guerre, je l'ai poursuivie, et je lui ai fait
peur, apparemment ; elle s'est tenue close et couverte
pour me faire pièce, on ne l'a point vue pendant la
campagne. Mais grâces au Ciel, je la retrouve en quartier d'hiver ; et pour ne l'effaroucher pas, en attendant
que l'amour m'en fasse absolument raison, je la mène
tout doucement ici, et je l'attrape par les menus [4].

Urbine

Vous seriez amoureux, mon frère ?

Le Chevalier

Amoureux, moi ! De richesses, oui ? de femmes, non,
je vous proteste. Holà, hé, Mademoiselle Mousset, serviteur, un mot ici, je vous en conjure.

---

4. « On appelle chez les Rôtisseurs *du menu*, les foies, bouts d'ailes,
gésiers et autres choses dont on fait des ragoûts et des fricassées » (F.) C'est
l'extension d'un terme de chasse, énumérant certaines parties du cerf qui
appartiennent au veneur (les oreilles, le mufle, la langue, etc.). Ici, il semble
qu'il faille entendre quelque chose comme le bout des ailes, ou les cheveux...

SCÈNE III

Mlle MOUSSET, LE CHEVALIER, URBINE

Mlle Mousset

C'est déjà vous, Monsieur le Chevalier ? On ne sera ici que dans une heure.

Le Chevalier

Mais y sera-t-on ? Car je n'ai point de temps à perdre, je ne veux pas qu'on s'amuse.

Mlle Mousset

On m'a bien promis de s'y rendre.

Le Chevalier

As-tu touché la grosse corde [5], et peut-on appuyer ferme dessus sans la rompre ?

---

5. « On dit figurément en ce sens [musique] Toucher la grosse *corde* quand on parle d'une chose qui doit faire du bruit ou toucher vivement celui à qui on en parle. » (F.)

Mlle Mousset

Toutes choses sont bien disposées, et vous aurez bonne issue. Ne voulez-vous pas entrer ?

Le Chevalier

Non, mon enfant, ta boutique est plus incommode que ce carrefour, elle est toujours pleine de cent personnes à qui tu crois vendre des robes de chambre, et qui n'ont pas de quoi payer un bonnet.

Mlle Mousset

Cette dame est de votre compagnie, apparemment ?

Le Chevalier

C'est ma sœur Urbine de Castagnac, ma chère Mademoiselle Mousset.

Urbine

Cette marchande paraît bien de vos amies, mon frère, je lui suis tant et plus acquise.

Mlle Mousset

Je suis votre très humble servante, Madame.

Le Chevalier

Envisagez bien cette femme-là, ma sœur, c'est une illustre de Paris, au moins.

Urbine

Tant nouvelle je suis à la ville, que je n'en connais pas encore les merveilles.

Mlle Mousset

Vous en allez faire un des plus beaux ornements, Madame.

Urbine

Hélas, Madame ! j'ai confusion d'être sortie de la province, mais je m'y recache dans le moment que j'aurai mis quelque fin à mes affaires.

Mlle Mousset

Vous avez des affaires en ce pays-ci ?

Le Chevalier

Bon, des affaires, c'est moins que rien. Tu connais cet homme peut-être ?

Mlle Mousset

Quel homme, Monsieur ?

Le Chevalier

Un certain Monsieur Farfadel de par le monde [6].

Mlle Mousset

Ce vieillard si riche et si fou, qui en conte à toute la terre ?

Le Chevalier

Justement, ce grand épouseur en paroles, ce fameux honnisseur de filles.

Mlle Mousset

Il en a fait accroire depuis six mois à plus de quatre de ma connaissance.

---

6. De par le monde : indique qu'il est bien connu.

Le Chevalier

Voilà l'homme : il y a quelques mois qu'il vint en province, il vit ma sœur Urbine, il prit du goût pour elle ; il lui fit une promesse de mariage par manière de conversation, dit-il, et parce que je méprise de l'assommer, ma sœur Urbine, par manière d'acquit, le va faire pendre : cela sera bientôt vidé.

Mlle Mousset

Et vous appelez cela moins que rien ?

Le Chevalier

Oui, mon enfant, la comtesse de Meripillerious, notre parente, tient toute la robe dans sa manche ; je vais accompagner ma sœur chez elle pour son affaire, et je reviens dans l'instant ici pour la nôtre.

SCÈNE IV

Mlle MOUSSET

Mlle Mousset

La sœur Urbine est une trop aimable personne pour la province, il faut trouver moyen de la fixer à Paris.

SCÈNE V

Mlle MOUSSET, LORANGE *en* *Arménien*

Lorange

Je donne le bonjour à mon agréable voisine.

Mlle Mousset

Ah, ah ! vous vous en avisez, Monsieur l'Arménien ; depuis huit jours que la Foire est ouverte, à peine m'avez-vous fait l'honneur de me saluer. Quel heureux caprice vous porte à chercher à faire aujourd'hui connaissance ?

Lorange

Parbleu, je ne cherche point à la faire ! Je cherche à la renouveler, ma voisine.

Mlle Mousset

A la renouveler ! Nous nous sommes donc connus, à votre compte ?

Lorange

Quelquefois un peu par ci, par là : mais cependant je vous l'avoue, j'ai eu toutes les peines du monde à vous remettre, parce que je ne pouvais me figurer que Madame la Marquise de la Papelardière du Marais fût devenue marchande de robes de chambre à la Foire ?

Mlle Mousset

Les fortunes du Marais ne sont pas solides, comme vous voyez.

Lorange

J'en fais l'expérience par moi-même. Je n'ai pas toujours vendu du café et je n'ai d'Arménien que la barbe.
Il ôte sa barbe.

Mlle Mousset

Ah, juste Ciel ! quelle surprise ! C'est le Chevalier de Gourdinvilliers, la coqueluche de la rue Sainte-Avoye [7].

---

7. Ancienne rue du Temple, entre les rues Saint-Merri et Michel-le-Comte. A cette époque, le Marais est passé de mode. La bourgeoisie marchande, qui y réside, accueille volontiers les aristocrates, même de contrebande. D'autre part, selon *Le Livre commode des adresses*, beaucoup de gens de justice demeurent dans cette rue. Est-ce une allusion malveillante de Mlle Mousset ? Ou est-ce simplement que les femmes de procureurs, conseillers, etc., ont souvent chez Dancourt la réputation d'entretenir les jeunes gens de qualité ou qui se font passer pour tels ?

Lorange

C'est lui-même, ma chère Marquise, toujours fidèle, toujours amoureux de vos charmes.

Il veut l'embrasser.

Mlle Mousset

Hé ! qu'as-tu donc fait de ta chevalerie, mon pauvre Lorange ?

Lorange

Elle est allée tenir compagnie à ton marquisat, ma chère Marton.

Mlle Mousset

Tu as fait de grands voyages [8], à ce que l'on m'a dit, depuis que nous ne nous sommes vus.

Lorange

Comment, morbleu, de grands voyages! j'ai pensé faire celui de l'autre monde.

---

8. De grands voyages : pour fuir la Justice ? Plus vraisemblablement, il s'agit d'un séjour sur les galères. L'allusion au voyage de l'autre monde indique que Lorange a failli être pendu ou roué.

Mlle Mousset

Tu as pensé mourir ?

Lorange

Oui vraiment, il y a eu des ordres exprès pour cela, et ils ont été affichés, même : mais je n'ai pas voulu les suivre, j'aime à vivre, moi, comme tu sais.

Mlle Mousset

Tu as raison, mais ne risques-tu rien ?

Lorange

La chose est problématique ; comme enfant de Paris, écuyer, sieur de Lorange, et chevalier de Gourdinvilliers, les ordres sont précis ; mais comme Arménien, naturalisé depuis trois semaines, il n'y a rien à craindre ; c'est pourquoi, mon enfant, supprime, s'il te plaît, le nom de Lorange, et ne me nomme que l'Arménien.

Mlle Mousset

Très volontiers, tu n'as qu'à dire. Mais toi, ne m'appelle point Marton, je te prie.

Lorange

J'entends bien, il y aussi quelques ordres expédiés sous ce nom-là, n'est-ce pas ? c'est la même étoile qui nous domine ; nous finirons ensemble de manière ou d'autre.

SCÈNE VI

CLITANDRE, Mlle MOUSSET, LORANGE

Clitandre

Les valets sont bien nés pour nous impatienter ! A quoi diantre ce maraud-là s'amuse-t-il ?

Mlle Mousset

Hé ! qu'avez-vous aujourd'hui, Monsieur ? Vous voilà bien sombre !

Clitandre

Mon coquin de Breton se moque de moi, ma chère Mademoiselle Mousset : je lui ai dit de me venir rendre réponse, il y a deux heures que je l'attends, je suis sur des épines.

Lorange

Si vous vouliez, Monsieur, rafraîchir votre impatience de quelque petit verre de liqueurs, j'en ai des meilleures de la Foire.

Clitandre

Non, mon enfant, je vous remercie.

SCÈNE VII

CLITANDRE, LE BRETON,
Mlle MOUSSET, LORANGE

Clitandre

Ah ! Te voilà, bourreau !

Le Breton

Oui, Monsieur, c'est moi-même, qui ne veux plus me mêler de vos affaires, et qui viens vous demander mon congé.

Clitandre

Comment, misérable !

Mlle Mousset

Hé, Monsieur !

Clitandre

Et quelles nouvelles m'apportes-tu encore ? Çà, voyons !

Le Breton

Je ne vous en apporte aucune ; il n'y a rien à faire [a], il faut nous séparer, et vous n'avez qu'à chercher fortune.

Clitandre *veut se jeter sur lui*

Quoi, pendard !

Lorange

Hé, point d'emportement.

---

a. *Gui.* : ...*il n'y a rien à faire*, j'y renonce, *il faut nous séparer*.

Le Breton

Ne le lâchez pas, au moins, il devient fou, je vous en avertis.

Clitandre

Je te ferai mourir sous le bâton.

Le Breton

Il ne s'en aperçoit pas lui, mais cela ne laisse pas d'être.

Clitandre

Ah ! je n'en puis plus : oui, je perds l'esprit, je l'avoue ; mais c'est ce malheureux qui me fait tourner la cervelle.

Mlle Mousset

Lui, Monsieur ?

Lorange

Comment donc ?

Le Breton

Il ne sait ce qu'il dit, comme vous voyez.

Clitandre

Je vous en fais juges vous-mêmes. Depuis un mois, je suis amoureux de la plus aimable personne du monde.

Le Breton

Vous voyez bien que ce n'est pas moi qui lui gâte l'esprit, que diable !

Clitandre

Monsieur le Breton, ce charmant Monsieur le Breton que vous voyez, connaît tout l'excès de mon amour : il est témoin de tous les tourments que me fait souffrir l'impossibilité d'avoir accès chez cette belle.

Le Breton

Oui, je vois de belles choses, assurément.

Clitandre

Et le bélître a la constance et la malice de ne pas imaginer aucune chose pour me rendre le moindre service.

Le Breton

Monsieur l'Arménien ?

Lorange

Oh, vous avez tort, Monsieur Le Breton ; il faut passer condamnation, cela n'est pas bien.

Le Breton

Mademoiselle Mousset ?

Mlle Mousset

Je suis contre vous aussi. Vous n'êtes point un valet zélé.

Le Breton

Je me donne au diable ; vous y seriez bien empêchés, vous autres ; et pourtant les marchands forains ne sont pas les moins habiles pour ces affaires-là.

Lorange

Je gage en deux jours d'emporter l'affaire, quelque difficile qu'elle puisse être.

Mlle Mousset

Je parie d'y réussir en vingt-quatre heures.

Clitandre

Tu vois, infâme ?

Le Breton

Je ne suis point jaloux, Monsieur, je cède l'entreprise, et je leur servirai de croupier [9] même, en cas de besoin.

Clitandre

Ah ! mes amis, de grâce, unissez-vous tous trois pour me rendre service. Si vous pouvez y réussir, vous pouvez aussi compter sur une parfaite reconnaissance.

Mlle Mousset

Il faut commencer par savoir les personnes à qui nous avons affaire.

---

9. Croupier : « Celui qui est associé avec un autre auquel il laisse tenir son jeu parce qu'il ne sait pas si bien jouer que lui, ou qui parie pour lui. » (F.)

Lorange

Cela est de conséquence.

Le Breton

Je vais vous en informer. Premièrement, la fille est
une jeune personne.

Clitandre

Toute charmante, tout adorable.

Le Breton

Oui, tout adorable, d'une physionomie très vive et
très coquette.

Lorange

Cela promet quelque chose.

Le Breton

La mère est une veuve entre deux âges, un exemple
de régularité ; femme très prude, et très rébarbative de
son métier.

Mlle Mousset

Cet article-là rend l'affaire épineuse.

Le Breton

La suivante est un monstre de laideur, et un dragon de vertu, plus affreuse que le diable, et par conséquent plus méchante.

Lorange

Cet animal-là sera difficile à apprivoiser.

Le Breton

Avec cela, il y a dans la maison une espèce d'abbé qui sert d'intendant, un valet de chambre qui a les gouttes, un cuisinier manchot, un cocher borgne, et trois vieux laquais qui n'ont jamais bu de vin. Le moyen de faire connaissance avec ces gens-là ?

Mlle Mousset

Voilà un agréable petit domestique.

Le Breton

Ils sont tous zélés pour la mère, et gardent tous la fille à vue. Les entrepreneurs n'ont qu'à tabler là-dessus, et à faire leurs diligences.

Mlle Mousset

Monsieur l'Arménien ?

Lorange

Mademoiselle Mousset ?

Mlle Mousset

Il faut plus de deux jours pour cette affaire-là.

Lorange

Vous n'en sortirez pas en vingt-quatre heures.

Le Breton

Bon, il y a près d'un mois que j'y travaille, et je n'ai pu l'entamer encore.

Clitandre

Hé ! mes chers enfants, ne m'abandonnez-pas, je vous en conjure.

Lorange

Non, assurément.

Le Breton

Ah ! Monsieur, voilà Mademoiselle Angélique, je pense, elle vient de ce côté-ci même.

Clitandre

Ah ! mon cher Breton : je n'en puis plus, tous mes sens sont interdits. Par où commencer ? Comment l'aborder ? Que lui dirai-je ?

Le Breton

Vous ne lui direz rien, s'il vous plaît. Ce sera bien assez de la ᵃ regarder : la maudite suivante et le maître laquais sont avec elle.

Clitandre

Ah, juste Ciel.

a. *Gui.* : de regarder.

SCÈNE VIII

CLITANDRE, Mlle MOUSSET, LORANGE, LE BRETON, ANGÉLIQUE, Mme ISAAC

Lorange *à Clitandre*

Éloignez-vous, et me laissez faire, je vous débarrasserai des incommodes.

Clitandre

Serait-il possible ?

Lorange

Éloignez-vous, vous dis-je. Elle vient par ici, n'est-ce pas ?

Le Breton

Elle va passer, la voilà presque au milieu de la rue.

Lorange

Vous avez de l'esprit, secondez-moi bien seulement.

Le Breton

Il nous quitte et rentre chez lui : que diantre va-t-il faire ?

Mlle Mousset

Je ne puis le deviner, mais il n'est pas bête.

Le Breton

Angélique et sa suite approchent, nous les manque-rons.

Lorange *derrière le théâtre*

Gare l'eau ! [10]

---

10. Gare l'eau : « On dit aussi Gare l'eau là-bas quand on veut jeter par les fenêtres quoi que ce soit. » (F.)

SCÈNE IX

ANGÉLIQUE, Mme ISAAC, Mlle MOUSSET, LE BRETON

Angélique

Ah, juste Ciel ! Qu'est-ce que cela ?

Mme Isaac

Comment donc ? Quels insolents ! Quelles canailles ! en pleine Foire, jeter des immondices par les fenêtres ! Un procès verbal. Des témoins ! Un honnête commissaire !

Mlle Mousset

A qui en ont-elles, donc ?

Le Breton

A qui ? Monsieur l'Arménien vient de vider une chocolatière sur le corps de la surveillante.

Angélique

Voilà des choses qui ne sont pas permises.

Mme Isaac

Eh là, là, c'est bien employé, Mademoiselle ; si vous aviez été au Palais [11], comme Madame votre mère vous l'avait dit, et non pas à la Foire... Hom, hom, voilà comme le Ciel punit vos extravagances.

Angélique

Moi, je ne me plains point, je n'ai rien eu. Mais vous qui êtes une personne si sage, et si raisonnable, Madame Isaac, qu'est-ce que le Ciel punit en vous, je vous prie ?

Mme Isaac

L'impertinence que j'ai eue d'adhérer à vos sottises : mais cela ne m'arrive pas souvent.

---

11. Au Palais ; vraisemblablement à la Galerie du Palais, toujours lieu de commerce, moins agitée que la Foire.

SCÈNE X

ANGÉLIQUE, Mme ISAAC, Mlle MOUSSET, LE BRETON, LORANGE, JASMIN

Lorange

Je viens vous demander mille pardons, Madame, du petit accident de la chocolatière.

Angélique

Ce n'est point moi, Monsieur l'Arménien, à qui vous devez...

Mme Isaac

Oh, vous me payerez mes hardes, si elles sont gâtées.

Lorange *se retourne brusquement, et donne un coup de tête dans l'estomac de Madame Isaac, et la jette à la renverse*

Je suis bien fâché, Madame...

Mme Isaac *tombée*

Mais voyez-vous [a] ce brutal avec ses excuses !

Le Breton *lui marche sur la jambe*
en feignant de la relever

La Fortune m'est bien favorable, Madame, de m'offrir l'occasion de vous rendre ce petit service.

Mme Isaac

Hé, miséricorde, vous me cassez les jambes, vous marchez dessus.

Mlle Mousset *lui tourne le bras en la relevant*

Hé, bon Dieu, Madame, n'êtes-vous point blessée ?

Mme Isaac

Ah, juste Ciel ! Vous me déboîtez l'épaule, Madame.

---

a. *Gui.* : voyez ce brutal.

Le Breton

Vraiment, voilà une vieille demoiselle qui est bien délicate !

Lorange

Nous sommes bien maladroits tous tant que nous sommes.

Mme Isaac

Allons, Mademoiselle, retournons au logis, s'il vous plaît.

Angélique

Que je m'en retourne, moi, Madame ?

Mme Isaac

Assurément. Voulez-vous que je demeure à la Foire dans cet équipage-là ?

Lorange

Je ne vous le conseille pas, il n'y pas d'apparence [12].

---

12. Apparence : « Se dit de ce qui est raisonnable. Il n'y a point d'apparence de transporter ce malade en l'estat qu'il est ». (F.)

Le Breton

On vous prendrait pour quelque bonne fortune de la rue de la Lingerie [13].

Mme Isaac

Oh, je n'y resterai pas, je vous en réponds.

Mlle Mousset

Vous ferez fort bien, assurément.

Angélique

Vous êtes la maîtresse, Madame ; pour moi qui n'ai point à changer de hardes, et qui ai des emplettes à faire, vous trouverez bon que j'y demeure.

Mlle Mousset

Si vous voulez prendre un siège en attendant...

---

13. Il est difficile de dire s'il s'agit de la rue du quartier des Halles, riche surtout en gantières, ou de la rue de la Foire qui portait ce nom (v. Introduction, p. XXXIX), comportant beaucoup d'employées féminines. Dans les deux cas, il est fait allusion à des filles faciles.

Angélique

Je vous suis obligée, Madame.

Mme Isaac

Je vous laisserais ici toute seule ?

Angélique

Ah, que vous êtes ridicule avec vos manières ! Allez, Madame, il suffit de moi pour me garder, et d'un laquais pour vous rendre compte de mes actions et de mes paroles.

Mme Isaac

Ah, ah ! vous le prenez sur ce ton-là ? Oh bien, bien, je ne reviendrai pas, moi, mais je vous vais envoyer compagnie.

Angélique

Vous me ferez plaisir, je n'en sais pas ᵃ de plus désa-gréable que la vôtre.

---

a. *Gui.*, *Flq.* : point.

Mᵐᵉ Isaac *à Jasmin*

Je te la recommande, ne la quitte pas de vue.

Jasmin

J'ai de bons yeux, ne vous mettez pas en peine.

SCÈNE XI

ANGÉLIQUE, Mˡˡᵉ MOUSSET, LORANGE,
LE BRETON, JASMIN

Lorange

Bon, voilà déjà un de nos espions parti.

Le Breton

Je m'en vais bientôt faire décamper l'autre.

Angélique

Ah, que je suis fatiguée de l'esclavage où l'on me fait
vivre ! n'en sortirai-je que pour passer dans un autre
encore plus rude ?

Mlle Mousset

Il ne tiendra qu'à vous d'être heureuse, j'ose vous en
répondre.

Angélique

Quoi, Madame ?

Le Breton *à Jasmin*

Comment coquin, tu fouilles dans ma poche ?

Jasmin

Moi, Monsieur ?

Le Breton

Oui, toi-même.

Angélique

C'est mon laquais, Monsieur.

Lorange

A qui en avez-vous ? Que vous fait-on, Monsieur ?

Le Breton

On vole, on pille auprès de votre boutique, et vous souffrez cela, Monsieur l'Arménien ?

Jasmin

Messieurs...

Lorange *en donnant un coup de pied à Jasmin*

Hé ! c'est mon fripon de l'autre jour, je le reconnais.

Jasmin

Je suis honnête garçon, ne me frappez pas !

Angélique

Doucement, Messieurs, c'est mon laquais, je vous assure.

Mlle Mousset

Lui, je le connais pour un voleur, Madame.

Angélique

Vous n'y songez pas.

Mlle Mousset

Il prit encore hier au soir dans la poche d'une vieille marquise de ma connaissance le portrait d'un jeune abbé, qu'elle venait de retirer de chez La Fresnaye [14].

Angélique

Jasmin ?

Jasmin

En vérité, Mademoiselle, cela n'est pas vrai, je vous assure.

Lorange

Il a coupé il n'y a que trois jours, à une fort honnête procureuse de la rue Galande [15], une croix de diamants de près de dix pistoles, que deux jeunes académistes lui avaient donnée.

---

14. Laigu et La Fresnaye étaient des bijoutiers de la rue Saint-Honoré (*Livre commode des adresses*).

15. Rue Galande : jeu de mots probable sur le nom de la rue. On en a d'autres exemples chez Dancourt et dans le Théâtre-Italien. Sur la réputation des femmes de procureurs, voir note 7.

Le Breton

Voilà des preuves convaincantes ; allons, marchons chez le commissaire.

Jasmin

Au secours, à la force !

Lorange

Oh tu as beau crier, tu iras en galère.

Angélique

Mais vraiment ces violences-là ne se font point. Qu'on prenne garde à ce qu'on fait, c'est mon laquais encore une fois.

Mlle Mousset

Hé, laissez-le emmener, on a quelque chose à vous dire qu'on ne veut pas qu'il sache.

SCÈNE XII

Mlle MOUSSET, ANGÉLIQUE

Angélique

Expliquez-moi ce mystère, Madame.

Mlle Mousset

Ne le comprenez-vous pas ? Vous êtes tout aimable, et l'on écarte les surveillants pour vous découvrir sans contrainte les sentiments que vous faites naître.

Angélique

Comment, Madame ?

Mlle Mousset

Ne craignez rien.

Angélique *voyant Clitandre*

C'est lui, c'est Clitandre : je suis perdue.

Scène XIII

CLITANDRE, ANGÉLIQUE, Mlle MOUSSET

Clitandre

Pardonnez, charmante personne, à la violence de mon amour les artifices innocents dont on se sert pour me faciliter les moyens de vous entretenir. Depuis long-temps je vous adore, je n'ai pu vous parler que des yeux, et je n'ai rien lu dans les vôtres qui m'ait flatté du moindre espoir. Enfin j'ose, en tremblant, vous consulter ici moi-même sur ma destinée : mon cœur est tout à vous, avez-vous disposé du vôtre ? Que faut-il faire pour l'obtenir ? Si vous le destinez au plus tendre, au plus fidèle, au plus passionné de tous les amants, aucun autre que moi n'a droit d'y prétendre.

Mlle Mousset

Cela est bien écrit, au moins, ne faites-vous point de réponse ?

Clitandre

Vous hésitez à vous déclarer ? Que je suis à plaindre !

Angélique

Quand je vous aurai dit l'état où je suis, vous vous trouverez bien plus malheureux encore.

Clitandre

Vous avez un engagement, Madame ?

Angélique

Dans quatre jours on me marie.

Clitandre

Ah, je suis mort !

Mlle Mousset

Mort de ma vie, voilà un homme que vous poignardez, Mademoiselle.

Angélique

Écoutez-moi, Monsieur. Vous me dites que vous m'aimez, vos regards m'en ont assurée, et leur langage s'est fait entendre dès le moment qu'ils m'ont parlé. La liberté de mon procédé va vous étonner peut-être : mais la situation où je me trouve suffit de reste pour le justifier. On prétend me faire épouser un vieux mari que je déteste. Ma mère est riche, je suis jeune, tout le monde me trouve belle, consultez bien encore votre cœur et vos yeux. Je vous aime, ne me trompez point ; si vous m'aimez véritablement, n'épargnez rien pour faire changer les sentiments de ma mère, et trouvez les moyens d'assurer ensemble votre bonheur et mon repos.

Clitandre

Ah, divine Angélique ! à quelque excès de joie...

Mlle Mousset

Doucement, s'il vous plaît, Monsieur, un peu moins de transport, et plus de réflexion ; nous ne sommes pas ici en place d'avoir de longues conversations : venons au fait. Qui est cet heureux vieillard qu'on veut vous donner, et que vous aimez tant, Mademoiselle ?

Angélique

Monsieur Farfadel.

Mlle Mousset

Monsieur Farfadel ?

Angélique

Lui-même : le connaissez-vous ?

Mlle Mousset

Et très fort même. Il vient ici presque tous les jours.
Je sais de ses fredaines, et votre affaire n'est pas encore
si bien conclue qu'on ne la puisse rompre.

Clitandre

Sais-tu des moyens pour cela ?

Angélique

Serait-il possible ?

Mlle Mousset

S'il ne s'agit que de détromper Madame votre mère,
nous en viendrons aisément à bout : mais pour y parve-
nir il est bon qu'on ne nous voie point ensemble et que
je ne paraisse pas me mêler de vos affaires même.

Angélique

Elle a raison, séparons-nous. Je vais dans la boutique de Laigu [a][16], envoyez-y mon laquais et ma vieille surveillante, en cas qu'elle vienne.

Clitandre

Je n'ose vous accompagner, Madame, mais mon cœur et mon esprit ne vous quittent pas un seul moment, je vous jure.

SCÈNE XIV

CLITANDRE, Mlle MOUSSET

Mlle Mousset

Je vous pardonne d'être si fort amoureux, la petite personne en vaut bien la peine.

a. *Gui.*, *Flq.* : L'Aigu (cette orthographe sera conservée dans toutes les occurrences.)

16. Voir note 14. Il ne s'agit pas pour Angélique d'aller rue Saint-Honoré, beaucoup trop éloignée pour la vraisemblance, mais dans la boutique que Laigu, comme tous les grands commerçants parisiens, tient à la Foire pendant toute la durée de celle-ci. (Voir P. Fromageot, *op. cit.*).

Clitandre

Puisque tu approuves mon amour, songe donc à me rendre heureux, je te prie.

Mlle Mousset

Ne vous mettez point en peine, je connais la mère de votre maîtresse, c'est déjà quelque chose.

Clitandre

Quoi, prude comme elle est, tu as des liaisons avec elle ?

Mlle Mousset

C'est une de mes meilleures pratiques. Nous en aurons raison. Faites-moi chercher l'Arménien et votre Breton, qu'ils lâchent le filou prétendu, et qu'ils se dépêchent de venir ici.

Clitandre

Je vais te les envoyer, et revenir ensuite chez Laigu pour y regarder du moins Angélique, s'il ne m'est pas permis de lui parler.

SCÈNE XV

Mlle MOUSSET *seule*

Que les amants sont fous ! Je suis bien heureuse que
l'expérience m'ait corrigée de ces faiblesses. Mais voici
Monsieur Farfadel.

SCÈNE XVI

M. FARFADEL, Mlle MOUSSET

M. Farfadel

Hé, laquais, qu'on ne me suive point.

Mlle Mousset

C'est lui-même.

M. Farfadel

Et que mon carrosse aille m'attendre à la petite porte
de la rue des Canettes [17].

---

17. Il n'y avait pas à proprement parler de porte de la Foire rue des
Canettes. Il semblerait donc que ce soit à la porte d'une maison particulière

Mlle Mousset

Voilà des ordres qui sentent furieusement la bonne fortune.

M. Farfadel

Bonjour, mon enfant. Je ne suis jamais sans cela, comme tu sais.

Mlle Mousset

Vous êtes le mortel le plus coureur et le plus couru que je connaisse.

M. Farfadel

Et avec tout cela je n'aime point^a les femmes, elles sont toutes folles de moi. Je suis un peu coquet de mon naturel : je les laisse se flatter, je dis que je veux épouser l'une, je promets de faire la fortune de l'autre ; je donne des régals, des cadeaux, des promenades ; somme totale, je les amuse, et je ne conclus rien. Oh ! cela me donne un grand relief dans le monde.

a. *Gui.* : pas.

que le carrosse de M. Farfadel devra l'attendre. Mais ce peut être aussi rue des Canettes, à l'extrémité de la rue Guisarde, par laquelle on pouvait sortir de la Foire (voir plan p. LX).

Mlle Mousset

Vous avez raison.

M. Farfadel

Quand quelque petite personne me donne dans la vue, je donne d'abord de l'emploi à ses frères, ou à ses cousins. Quand j'ai soupé trois ou quatre fois avec elle, crac, je les révoque.

Mlle Mousset

Chacun se distingue à sa manière.

M. Farfadel

J'ai choisi la bonne, moi. La manière de se distinguer à la guerre est dangereuse ; celle de la robe est trop sérieuse et trop pénible ; il n'est rien de tel que de briller dans la finance.

Mlle Mousset

Assurément, cela est bien plus sûr, et bien plus commode.

M. Farfadel

Je n'ai que du plaisir, je ne cours point dans le ris-
que, et je suis pourtant un homme considérable, au
moins.

Mlle Mousset

Et considéré même. Je gage qu'il n'y a point de mère
qui ne soit ravie de vous voir faire les doux yeux à sa
fille [a].

M. Farfadel

Oh, pour cela oui, je t'en réponds. Je suis à la veille
d'en épouser une toute des plus jolies.

Mlle Mousset

Quoi, vous voulez vous marier sérieusement ?

M. Farfadel

Oui, mon enfant, j'ai mes raisons. Cette fille est
riche, et ce qui fait que je viens ici *incognito*

---

a. *Gui., Flq.* : *les doux yeux* à la sienne.

aujourd'hui, c'est que la mère est une prude qu'il faut
ménager ; je ne veux pas manquer cette affaire, elle est
sérieuse : mais quand la dupe sera une fois embarquée,
je ne suis pas d'humeur à me contraindre, et je me
rejetterai dans la bagatelle.

Mlle Mousset

Vous n'en sortez pas trop, à ce qu'il me semble. Et
quel rendez-vous vous attire à la Foire, s'il vous plaît ?

M. Farfadel

J'y en ai deux, Mademoiselle Mousset : un chez toi
avec une petite grisette [18].

Mlle Mousset

Je n'ai encore vu personne.

M. Farfadel

On viendra, les petites grisettes sont exactes, elles
n'ont pas tant d'affaires que les femmes de qualité ; en
attendant je m'en vais chez Laigu, où se doit trouver
une petite Bretonne de ta connaissance. Je ne te dis pas
adieu, Mademoiselle Mousset.

---

18. Grisette : « Femme ou fille vêtue de gris. On le dit aussi par mépris
de toutes celles qui sont de basse condition, de quelque étoffe qu'elles soient
vêtues. Des gens de qualité s'amusent souvent à fréquenter des *grisettes*. »
(F.) C'est le titre d'une comédie de Champmeslé : *Les Grisettes* (1671).

SCÈNE XVII

Mlle MOUSSET

Jusqu'au revoir, Monsieur. L'agréable chose qu'un petit libertin sexagénaire, il trouvera compagnie chez Laigu, mais ce ne sera pas [a] celle qu'il cherche.. Consultons maintenant avec nos deux associés ce que nous pourrons faire pour...

SCÈNE XVIII [b]

Mlle MOUSSET, LORANGE, LE BRETON

Le Breton

Hé bien, nos amants sont-ils contents l'un de l'autre ? se sont-ils abouchés ?

---

a. *Gui.*, *Flq.* : mais ce sera celle...

b. *Gui.*, *Flq.* répètent ici : Scène XVII. D'où, par la suite, un décalage avec l'édition Ribou.

Lorange

Nous leur avons donné tout le temps et toute la commodité de le faire.

Mlle Mousset

Est-ce que vous n'avez point vu Clitandre ? il vous cherche.

Le Breton

A quelle intention ?

Mlle Mousset

Pour vous dire de venir ici, et de laisser aller ce pauvre diable.

Lorange

On a prévenu ses ordres, l'espion pris en a été quitte pour quelques soufflets, quelques coups de pied dans le ventre, quelques croquignoles, le tout pour lui apprendre à écouter aux portes.

Le Breton

Comment s'est passée l'entrevue ?

Mlle Mousset

Le mieux du monde. Angélique est presque aussi amoureuse de ton maître, que ton maître est amoureux d'elle.

Le Breton

Est-il possible ?

Mlle Mousset

Oui, te dis-je, il n'y a qu'une petite difficulté.

Lorange

Hé, quelle ?

Mlle Mousset

Son mariage est conclu avec un autre.

Lorange

Quoi, ce n'est que cela ? Voilà une belle bagatelle !

Le Breton

Cela n'est rien, mon enfant ; mon maître n'est pas scrupuleux, il l'épousera en secondes noces avant qu'elle soit veuve.

Mlle Mousset

Tu as raison, voilà un accommodement : mais il est bien aise d'épouser en premier.

Lorange

Il a tort, les mariages en second sont les moins embarrassants, et les moins dangereux pour les suites.

Mlle Mousset

Laissons là la plaisanterie, et parlons sérieusement, il faut rompre cette affaire, et assurer la nôtre.

Le Breton

Comment s'y prendre ?

Mlle Mousset

Le rival de ton maître est à la Foire.

Lorange

Oui.

Mlle Mousset

Il est allé chez Laigu, où il trouvera Angélique.

Le Breton

Quel homme est-ce ?

Mlle Mousset

Un soupirant banal, un petit-maître de soixante ans.

Lorange

De robe, d'épée, ou de finance ?

Mlle Mousset

Selon le goût de ses maîtresses ; il n'est rien, et il est tout : c'est un petit caméléon d'amour, un animal amphibie en qui la finance domine.

Le Breton

Voilà un bon sujet, Monsieur l'Arménien.

Lorange

Oui, cela doit bien rendre.

Le Breton

Il va donner apparemment à son épouse prétendue quelques-uns des divertissements de la Foire, le Cercle, le petit Opéra, les danseurs de corde [19]... Ne pourrions-nous point nous servir de cette occasion ?

---

19. Attractions de la foire. Le Cercle était un ensemble de figures de cire « de grandeur naturelle, les unes debout, les autres assises représentant les princes et les princesses de l'entourage de la reine Marie-Thérèse d'Autriche. Cet ensemble portait le nom de *Cercle de la cour* ou *Cercle royal* » (*Dictionnaire de biographie française*). En 1696, Marie-Thérèse étant morte depuis douze ans, les figures, comme celles de notre Musée Grévin, devaient être différentes. Le sculpteur de ces figures, Antoine Benoît (1632-1717) était célèbre. Mme de Sévigné en parle, La Bruyère aussi (Des jugements, 21). C'est lui qui fit la fameuse *Chambre du sublime* (1675), l'effigie de Jacques II et le médaillon en cire de Louis XIV (vers 1706). Son cabinet était rue des Saints-Pères, mais probablement, lui aussi, louait-il une des loges pendant la durée de la Foire. Voir, à son sujet, E. Campardon, *Les Spectacles de la Foire* (t. I, p. 122-124).

Il y avait d'autre part à la Foire Saint-Germain en 1695, trois troupes de sauteurs et danseurs de corde, qui jouaient souvent en outre de brefs sketches, burlesques ou parodiques, celles d'Allard, Maurice Vondrebeck et Bertrand. Il ne semble pas qu'entre l'affaire des *Forces de l'Amour et de la magie* (1690) et 1697, elles aient été en conflit aigu avec les Théâtres Français et Italien. *La Foire Saint-Germain* italienne fait allusion à ces trois « théâtres » et annonce au Docteur qu'on va lui montrer « d'abord un opéra italien » — en fait, réduit à un air de six vers —, « puis une parodie d'*Acis et Galatée* », très brève, elle aussi, « et ensuite *Lucrèce*, tragédie », pièce burlesque de quelques pages (voir E. Gherardi, *Théâtre italien*, t. VI, p. 260-268). Mais il semble que l'expression « le petit Opéra » s'applique plus précisément à la troupe de Bertrand, qui, selon les frères Parfaict « joignait aux exercices de danse et de sauts une petite pièce représentée par des marionnettes. » (*Mémoires pour servir à l'histoire des spectacles de la Foire*, p. 90).

Mlle Mousset

Où cela pourrait-il nous mener ? à ridiculiser le personnage tout au plus.

Le Breton

Il n'importe, commençons par là, c'est toujours quelque chose.

Lorange

Le garçon qui montre le Cercle est de mes intimes.

Le Breton

L'entrepreneur du petit Opéra est le bâtard d'une de
mes tantes, et la petite danseuse de corde est la maîtresse de mon neveu. Nous sommes en pays de connaissance.

Mlle Mousset

Qu'est-ce que cela fait ? que prétends-tu faire ?

Le Breton

Ne vous mettez pas en peine, je vais toujours en me
divertissant préparer un petit régal de Foire, qui finira

peut-être agréablement notre intrigue. Songez au dénouement, vous autres.

Lorange

Mais il faudrait...

Le Breton

Mais, mais, je vous laisse le soin de l'utile et du nécessaire, et je ne me charge que de l'agréable, je fais bien les choses, comme vous voyez.

Scène XIX
Mlle MOUSSET, LORANGE

Mlle Mousset

Que diantre va-t-il faire ? et de quoi nous peut servir son petit Opéra ?

Lorange

Ce garçon-là donne furieusement dans la bagatelle, il ne s'attache point au solide ; je ne m'étonne pas qu'il ait été si longtemps à entamer l'intrigue de son maître.

Mlle Mousset

Et, toi, qui est plus essentiel et plus habile, dis-moi un peu de quelle manière...

SCÈNE XX

Mlle DE KERMONIN, LORANGE, Mlle MOUSSET

Mlle de Kermonin

Ah, ma chère Mademoiselle Mousset, tu vois une fille outrée de désespoir, ma chère enfant.

Mlle Mousset

Hé ! c'est Mademoiselle de Kermonin, la petite Bretonne de Monsieur Farfadel apparemment.

Mlle de Kermonin

La rage me surmonte, je ne saurais parler...

Elle se laisse tomber entre les bras de Lorange

Lorange

Ce sont des vapeurs : mais je ne les hais pas, les
vapeurs, cela a ses commodités. Allons, Mademoiselle,
allons, revenez à vous.

Mlle de Kermonin

Ne me quittez pas, Monsieur, ne me quittez pas.

Lorange

Diantre soit des vapeurs, elle m'étrangle.

Mlle de Kermonin

Je crève, je me meurs, je ne saurais parler, je ne saurais parler...

Mlle Mousset

Cela n'est pas naturel ! Hé, à qui en avez-vous,
Mademoiselle ?

Mlle de Kermonin

Hé, ma chère Mademoiselle Mousset, secourez-moi.

Mlle Mousset

Voilà des vapeurs extraordinaires.

Lorange

Je me donne au diable si ce sont des vapeurs. C'est une fille qui va devenir mère, ne vous y trompez pas.

Mlle de Kermonin *revenant*

Ah. ah, ah [a] !

Mlle Mousset

Hé ! là, là, remettez-vous.

Lorange

Tâchez de reporter cela jusque chez vous, Mademoiselle, allons, courage.

Mlle de Kermonin

Quelle trahison ! Que je suis malheureuse ! Quelle perfidie !

---

a. *Flq.* : a, a, a,

Mlle Mousset

Que vous est-il arrivé qui puisse vous causer un tel
déplaisir ?

Mlle de Kermonin *pleurant*

J'en mourrai, Mademoiselle, je ne survivrai point à
cet affront, ah, ah, ah !

Lorange

Écoutez, il est fâcheux que cela arrive en pleine Foire,
la chose ne sera pas secrète, vous avez raison ; mais au
bout du compte...

Mlle de Kermonin *riant*

Ah, ah, ah, ah, ah !

Mlle Mousset

Ce sont des vapeurs, assurément.

Lorange

Oui, elle est folle sans contredit, elle a les yeux
hagards.

Mlle de Kermonin *donne un soufflet à Lorange*

Ah, ah, ah, ah, ah !

Lorange

Maugrebleu de la masque, avec sa folie.

Mlle Mousset

Je ne sais qu'en croire.

Mlle de Kermonin *revenant à elle*

Où suis-je ? Qu'ai-je dit ? Qu'ai-je fait ? Ah ! que j'ai souffert !

Mlle Mousset

Je le crois bien. Vous êtes à la Foire, Mademoiselle.

Mlle de Kermonin

Oui, je m'en souviens, je sors de chez Laigu.

Lorange

Et vous m'avez donné un soufflet.

Mlle de Kermonin

Je vous en demande pardon, je suis si troublée. Si tu savais, Mademoiselle Mousset, l'indignité que ce vieux singe de Farfadel vient de me faire.

Mlle Mousset

Vous n'étiez pas seule avec lui chez Laigu, il avait un autre rendez-vous que le vôtre.

Mlle de Kermonin

Je l'y attendais depuis une heure, il y est venu, j'ai été au-devant de lui, il n'a pas fait semblant de me voir, Mademoiselle Mousset ; et il est allé faire mille caresses en ma présence à une guenon, qui ne le regardait presque pas, seulement.

Lorange

Il fallait lui donner le soufflet que j'ai eu, cela eût été dans l'ordre.

Mlle de Kermonin

Si je n'avais appréhendé l'éclat...

Mlle Mousset

Mademoiselle de Kermonin est une personne fort pru-
dente.

Lorange

Et fort vaporeuse, de par tous les diables.

Mlle de Kermonin

Il faut qu'il ait perdu l'esprit, car cette personne-là
n'est rien moins que jolie.

Mlle Mousset

C'est une fille qu'il va épouser, je vous en avertis.

Mlle de Kermonin

Qu'il va épouser ! Oh ! je l'en défie, je le tuerai, je le
mangerai, je l'assommerai, je le poignarderai, je le dévisagerai, je l'étranglerai. Ah ! je n'en puis plus, je ne
saurais parler.

Lorange

Il ne fait pas bon ici.

Mlle Mousset

Ne me quittez pas, Monsieur l'Arménien, il faut bien finir notre affaire.

Mlle de Kermonin

Il en épouserait une autre que moi ?

Mlle Mousset

Est-ce que vous avez ensemble quelques engagements qui l'en empêchent ?

Mlle de Kermonin

Si nous en avons, Mademoiselle Mousset ? Il y a six semaines qu'il me rend visite ; il a mon portrait en miniature, et j'ai le sien en cire [20] dans ma chambre.

Lorange

Un portrait en cire ? Ce ne sont pas là des bagatelles.

---

20. En cire : Portrait évidemment exécuté par Benoît. Farfadel fait bien les choses et ne se contente pas d'une miniature.

Mlle de Kermonin

Il faut que tu m'aides à rompre son mariage.

Mlle Mousset

De tout mon cœur ; que pourrions-nous faire ?

SCÈNE XXI

Mlle MOUSSET, Mlle DE KERMONIN, MAROTTE, LORANGE

Marotte

Bonjour, Mademoiselle Mousset.

Mlle Mousset

Votre servante, Mademoiselle Marotte.

Marotte

N'avez-vous point vu Monsieur Farfadel aujourd'hui ?

Mlle de Kermonin

Monsieur Farfadel ! Que lui veut-elle ?

Mlle Mousset

C'est encore quelqu'une de vos rivales, sur ma parole.

Lorange

Parbleu, la Foire sera bonne, les marchandes s'amassent.

Marotte

Il avait gagé une discrétion contre moi, qu'il serait ici le premier, il a perdu, comme vous voyez.

Mlle de Kermonin

Fais jaser cette petite créature-là, Mademoiselle Mousset.

Mlle Mousset

Cela ne sera pas bien difficile.

Marotte

Il perd exprès pour me donner ma Foire, il fait les choses de bonne grâce.

Mlle Mousset

Vous avez d'étroites liaisons avec lui, apparemment ?

Marotte

Oh, tant ! il y a près d'un mois que nous nous connaissons. Il donne une pension à ma tante, une commission à mon oncle ; il a mis mon frère au collège, et nous espérons qu'il m'épousera.

Lorange *à Mademoiselle de Kermonin*

C'est un terrible épouseur que cet homme-là.

Mlle de Kermonin

Le scélérat ! oh, j'en serai vengée.

Mlle Mousset

Il vous rend de fréquentes visites, sans doute ?

Marotte

Pas si fréquentes qu'il voudrait.

Mlle Mousset

Qui peut l'en empêcher ? il fait tant de bien à la famille.

Marotte

Il garde des mesures, à cause d'une certaine femme qu'il ne veut pas tout à fait désespérer, et qu'il quitte pour moi. Oh, Monsieur Farfadel a beaucoup de conduite, au moins, c'est un fort honnête homme.

Lorange

Il en a de toutes les façons.

Mlle de Kermonin

C'est un monstre qu'il faut étouffer ; je suis dans une colère...

Lorange

Prenez garde d'étouffer, vous-même.

Mlle Mousset

Et qui est cette personne qu'il vous sacrifie ?

Marotte

Une petite folle, une petite Bretonne, qui a des vapeurs à chaque bout de champ.

Mlle de Kermonin

Comment ?

Marotte

Il dit qu'elle est si ridicule, si ridicule ; il ne peut plus la souffrir depuis qu'il m'a vue.

Mlle de Kermonin

Quelle petite impertinente est-ce là ?

Lorange

Gare les vapeurs !

Mlle de Kermonin

De qui parlez-vous, s'il vous plaît, ma mie ?

Marotte

Hélas ! c'est peut-être de vous, Madame. Je ne connais pas la petite Bretonne ; mais vous prenez feu d'une manière...

Mlle Mousset

C'est elle-même, vous ne songez point à ce que vous dites.

Mlle de Kermonin

Vous êtes une insolente.

Lorange

Hé ! Mademoiselle.

Marotte

Je vous le disais bien qu'elle était folle.

Mlle Mousset

Hé, paix !

Mlle de Kermonin

Ah ! je vous apprendrai à parler.

Lorange

Hé, là, là, là, en pleine Foire ?

Marotte

Et moi, je vous montrerai à vous taire.

Mlle de Kermonin

Vous me ferez taire, moi ? moi, vous me ferez taire ?
Oh, je vous en défie.

Mlle Mousset

Ne prenez pas garde à ce qu'elle dit.

Mlle de Kermonin

Une petite bourgeoise de Paris !

Lorange

Doucement.

Marotte

Une petite grisette de Bretagne !

Mlle de Kermonin

Comment, grisette ? Ah, quel outrage !

SCÈNE XXII

LE BRETON, Mlle MOUSSET,
Mlle DE KERMONIN, MAROTTE, LORANGE

Le Breton

Notre petit Opéra est disposé à faire merveilles. Je
viens maintenant savoir...

Mlle de Kermonin

Des grisettes dans la maison de Kermonin ! je ne sais
qui me tient...

Mlle Mousset

Hé, Mademoiselle, de grâce.

Le Breton *regardant Mademoiselle de Kermonin*

Je ne me trompe point, c'est elle-même. Ah ! carogne, comme te voilà brave !

Mlle de Kermonin

Ah, juste Ciel ! Quelle rencontre !

Mlle Mousset

Comment donc, qu'est-ce que cela signifie ?

Lorange

Des carognes dans la maison de Kermonin ! vous n'y songez pas, Monsieur Le Breton.

Le Breton

Que diable voulez-vous dire avec votre Kermonin ? C'est ma sœur Nicole, qu'il y a quatre ans que je n'ai vue.

Mlle Mousset

Sa sœur Nicole !

Mlle de Kermonin

Vous me perdez, mon frère.

Le Breton

Bon, je te perds ? Je te retrouve, au contraire, et en bon état, même, j'en suis bien aise. Et, comment diable as-tu fait fortune ?

Marotte

Les petites bourgeoises de Paris valent bien certaines personnes de qualité, Mademoiselle Nicole.

Mlle Mousset

Oh, point d'invectives, Mademoiselle Marotte, vous deviendrez aussi fille de qualité, quelque jour, l'amour donne des lettres de noblesse.

Le Breton

Ces dames ont quelque dispute ensemble ?

Lorange

Elles n'en étaient encore qu'aux injures, elles allaient se mettre aux soufflets quand tu es arrivé.

Le Breton

Que je ne trouble point votre conversation, Mesdames, je ne prétends point vous déranger en aucune manière.

Mlle Mousset

Non, s'il vous plaît, que les querelles finissent. Elles sont rivales, c'est ce qui les brouille, mais on les trahit l'une et l'autre, il faut que la ressemblance de leur destinée les réconcilie.

Marotte

Monsieur Farfadel me tromperait aussi ?

Mlle Mousset

Il en trompe bien d'autres.

Marotte

Ah ! le vieux coquin.

Le Breton

Qu'est-ce que c'est que ce Monsieur Farfadel ?

Mlle Mousset

C'est notre animal amphibie.

Le Breton

Je viens de le rencontrer en venant ici ; il se promène dans l'autre allée avec Angélique ; mon maître les suit pas à pas et ne les perd pas de vue.

SCÈNE XXIII

LE CHEVALIER, URBINE, Mlle MOUSSET, LE BRETON, Mlle DE KERMONIN, MAROTTE, LORANGE

Urbine

Je viens vous trouver, Madame, vous me paraissez une personne tant gracieuse.

Le Chevalier

Nous voilà retournés de chez la Comtesse. Ton valet, Mademoiselle Mousset.

à Lorange

Salut Monsieur l'Arménien.

au Breton

Dieu te garde, Breton, où est ton maître ?

à Marotte

Bonjour, la belle enfant.

à Mlle de Kermonin

Votre très humble serviteur, ma reine. En gros et en détail, je baise les mains à la compagnie.

Mlle Mousset

La compagnie est bien votre servante, Monsieur.

Le Chevalier

La voilà bonne. Qui la rassemble ? est-ce l'estime, l'amitié, l'intérêt, le plaisir, les affaires, la conversation, ou le hasard seul qui s'en mêle ? Hé, donc ?

Lorange

Oh, parbleu, le hasard y a plus de part que le reste. Et voilà Mademoiselle Nicole, qui est la sœur de Monsieur le Breton, par exemple.

Le Chevalier

Comment, sa sœur ?

Le Breton

Oui, Monsieur, je l'ai rencontrée par hasard ; elle a fait fortune par aventure, il se trouve par accident que ces deux princesses ont le même adorateur de leurs charmes. Ce galant homme, par cas fortuit, est d'autre part rival de mon maître, nous voudrions bien le berner de dessein formé, et comme le hasard vous conduit ici, vous serez, si vous voulez, de la partie.

Le Chevalier

Sandis, très plus que volontiers, nous en prendrons le plaisir. Quel est l'objet du bernement ?

Lorange

Un vieux seigneur du quartier Saint-Roch, qu'on appelle Monsieur Farfadel dans le monde.

Le Chevalier

Votre Farfadel, ma sœur !

Urbine

Le scélérat ! il est sans distinction comme sans bonne foi.

Mlle Mousset

Ce ne sont pas encore là toutes vos rivales, j'en connais bien d'autres.

Le Chevalier

Oh, cadedis [21], vous la danserez tout du long [22], Monsieur de la Farfadelière.

---

21. Cadedis : juron gascon, correspondant à *Tête Dieu*.

22. Danser tout du long : « On dit proverbialement qu'on fera bien danser quelqu'un pour dire le menacer de lui donner bien de l'exercice, et qu'on le mettra à la raison. On dit aussi d'un homme qui est entré dans une méchante affaire qu'il en dansera, pour dire qu'il lui en coûtera bon. » (F.)

Le Breton

Vous connaissez ce gentilhomme-là, Monsieur ?

Le Chevalier

Et ma sœur Urbine aussi, par tous les diables. Donnez les mains, Mesdames ; augmentation de rivalités, surcroît de consolation ou de colère. Quoi, vous en soupirez ? Allons, ferme, point de faiblesse, force d'esprit, résolution, vos causes sont pareilles ; en attendant qu'on le pende en pleine Grève [23], il faut le berner en pleine Foire.

Urbine

Il ne sera rien que je ne fasse pour être vengée de ce misérable.

Mlle de Kermonin

Et pour moi, je l'étranglerai bien toute seule, il n'y a qu'à me laisser faire.

----

23. La place de Grève était le lieu de l'exécution des condamnés de droit commun.

Le Chevalier

La sœur Nicole est vive, Monsieur le Breton. Et la petite personne, qu'en pense-t-elle ?

Marotte

Ma tante n'aura plus de pension, elle sera bien fâchée ; mais il n'importe.

Mlle Mousset

De quelle manière nous y prendrons-nous ?

Lorange

Veut-on me donner la conduite de l'affaire ?

Le Chevalier

Monsieur l'Arménien paraît entendu. Déférez à ses conseils, Mesdames.

Mlle de Kermonin

Je m'y soumets entièrement ; qu'il parle.

Urbine

Je lui donne carte blanche ; qu'il fasse.

Marotte

Il n'a qu'à dire, je ferai ce qu'il voudra.

Lorange

Je règlerai vos rôles, ne vous mettez pas en peine ; vous nous aiderez d'un petit opéra de votre façon, Monsieur Le Breton ?

Le Breton

Tout est disposé pour cela, Monsieur l'Arménien.

Lorange

Cela sera le mieux du monde ; et j'y joindrai, moi, de mon côté, une espèce de cercle de mon imagination... Oui... justement... il n'est rien de tel que de mêler les divertissements de la Foire.

Le Breton

Assurément. Je vais achever de préparer le mien. Quand vous serez prêt, vous, vous aurez soin...

Lorange

J'aurai bientôt fait, dépêchez. Vous ne demeurez pas loin d'ici, Mademoiselle Nicole ?

Mlle de Kermonin

A vingt pas, dans la rue de Tournon.

Lorange

Dans la rue de Tournon ? voilà qui est à merveilles. Allons chez vous nous concerter, seulement.

Urbine

Mais il serait besoin...

Lorange

Allons, vous dis-je, et me laissez faire, je ne gâterai rien, sur ma parole.

Mlle Mousset

Vous êtes en bonne main, laissez-vous conduire.

SCÈNE XXIV

LE CHEVALIER, Mlle MOUSSET

Le Chevalier

Allez et revenez, je vous attends, Mesdames. Cet Arménien me semble alerte et de bon esprit, il devrait être de chez nous.

Mlle Mousset

Oui, l'esprit et le savoir-faire sont l'apanage des Gascons, vous avez raison.

Le Chevalier

N'est-il pas vrai ? Oh, çà, ma chère enfant, pendant que l'Arménien va concerter avec ces dames pour leurs affaires, concertons-nous un peu pour la nôtre. Elle est lente à venir, cette dame que nous attendons, et l'amour ne la point[a] pas assez à ce qu'il me semble.

----

a. *Gui.*, *Flq.* : *ne la* peint...

Mlle Mousset

Elle ne saurait tarder beaucoup encore.

Le Chevalier

Je me suis sous main informé d'elle, et je n'ai rien
appris qui me flatte. Elle est riche, d'accord : mais très
peu donnante ; mauvaise qualité, ma chère, et que nous
n'aimons pas, nous autres. Vive la libéralité ! sandis,
c'est la folie de la nation [24].

Mlle Mousset

Il faut se voir, et convenir de ses faits avant toutes
choses.

Le Chevalier

Je ne suis pas fort épouseur, moi, de mon naturel ; et
sur le pied que sont aujourd'hui la plupart des femmes,
la qualité de mari me semble la moins honorante de
toutes ; écuyer, gentilhomme, intendant, économe, le
bon ami de la maison, avec de bons appointements et
quelques gratifications, cela vaut mieux. Faisons en sorte
que je lui sois sur ce pied-là, Mademoiselle Mousset.

---

24. Nation : Il s'agit de la *Nation gasconne*, comme il y a une Nation
normande, picarde, etc. Sandis : juron gascon, signifiant Sang de Dieu. (Cf.
les formes sambleu, palsambleu, etc.).

Mlle Mousset

Vous vous expliquerez ensemble, elle vous aime ; et la
précaution qu'elle prend de marier sa fille, fait assez
voir qu'elle a dessein...

Le Chevalier

Elle marie sa fille Angélique ?

Mlle Mousset

Et à Monsieur Farfadel, même ; c'est elle dont votre
ami Clitandre est amoureux.

Le Chevalier

A Monsieur Farfadel ! Quoi ! Farfadel ici, Farfadel là,
Farfadel partout ?. Quel diable d'homme ! Il épousera
tout Paris, si la police ne s'en mêle.

Mlle Mousset

Voici la dame.

SCÈNE XXV

Mme BARDOUX, LE CHEVALIER, Mlle MOUSSET

Mme Bardoux

Bonjour, Mademoiselle Mousset.

Mlle Mousset

Votre servante, Madame.

Mme Bardoux

Je vous ai fait attendre, Monsieur le Chevalier : mais j'ai mes heures marquées [25], et je me suis fait une règle de vie, que la raison et la bienséance ne me permettent pas de déranger.

---

25. Mes heures marquées : « Heure signifie aussi le temps convenable pour faire quelque chose. » (F.) ; « Marquer signifie aussi destiner à quelque usage » (F.). L'expression, comme « règle de vie » et, plus loin, « régularité » appartient au vocabulaire de la dévotion, qui exige un strict emploi du temps. Cf. *Tartuffe* :

> « Il est, Monsieur, trois heures et demie ;
> Certain devoir pieux me demande là-haut. » (IV, 1)

Le Chevalier

Je me donne au diable, Madame, si je sais rien de plus louable que cette régularité dont vous faites profession. Pudeur sur le visage, sages discours sur les lèvres, politique dans la conduite, déguisement dans l'amour-propre [26], simplicité dans la coiffure, modestie dans l'ajustement ; vous êtes un modèle accompli de perfections morales, ou la peste m'étouffe.

Mme Bardoux

Je tâche de me conserver la réputation que les premières années de mon veuvage m'ont acquise.

Le Chevalier

Et vous êtes femme d'esprit, il ne faut pas perdre en [a] un jour le fruit de dix ans de contrainte.

Mme Bardoux

La démarche que je fais aujourd'hui, pourtant, de vous donner un rendez-vous à la Foire...

a. *Gui., Flq.* : perdre un jour.

---

26. Déguisement dans l'amour-propre : Furetière note l'emploi de *déguisement* dans les choses spirituelles : « La vérité est forte et prévaut malgré les déguisements et les artifices. » Le Chevalier veut dire que Mme Bardoux sait fort bien déguiser en vertu son amour-propre, au sens du XVIIe siècle évidemment, c'est-à-dire la satisfaction de ses désirs personnels. La tirade du Chevalier est ironique.

Le Baron

Cadedis, que vous l'entendez ! La Foire est bien choi-
sie, Madame, vous n'êtes pas connue des personnes qui
la fréquentent, on ne vous soupçonne point d'y venir ;
et tel vous verrait en face, qui se donnerait au diable
que ce n'est pas vous.

Mlle Mousset

Monsieur le Chevalier a raison, Madame, vous hasar-
dez moins à la Foire qu'en lieu du monde.

Mme Bardoux

J'ai dit chez moi que j'allais visiter les prisonniers de
l'Abbaye [27].

---

27. La visite aux prisonniers fait partie des exercices de dévotion. Cf.
encore *Tartuffe* :

> Si l'on vient pour me voir, je vais aux prisonniers
> Des aumônes que j'ai partager les deniers. (III, 2)

La prison de l'Abbaye, située contre les bâtiments de l'abbaye de Saint-
Germain (voir le plan), était toute proche de la Foire : personne ne pourrait
donc s'étonner de voir Mme Bardoux dans le quartier. A cette époque, elle
contenait en principe des prisonniers militaires, mais peut-être aussi des prisonniers pour dettes, objet de la sollicitude particulière des organisations cha-
ritables. le *Livre commode des adresses*, qui cite parmi les dirigeantes de ces
associations, Mme Lièvre, trésorière de la Charité de Saint-Germain-l'Auxer-
rois, dit qu'on se renseignait à leur sujet à la geôle même des prisons.

Mlle Mousset

Cela est fort prudent, et supposez même qu'on vous vît ici, ne pourriez-vous pas y être venue faire provision de confitures pour les malades ?

Le Chevalier

Femme de jugement, autre ressource, excellent prétexte, Madame.

Mme Bardoux

Et avec toutes ces précautions, Monsieur le Chevalier, si l'on me voit avec vous, je hasarde étrangement ma réputation.

Le Chevalier

Comment, votre réputation ! Hé donc, est-ce que dans le temps où nous sommes, un joli homme déshonore les femmes, quelque régulières qu'elles paraissent ? Presque toutes sont des coquettes, on en convient, on leur pardonne comme défaut de tempérament, et ce n'est que leur bon ou leur mauvais choix qui fait qu'on les méprise ou qu'on les estime.

Mme Bardoux

Qu'il a d'esprit, Mademoiselle Mousset, qu'il a d'esprit, et qu'il s'énonce bien ! Ah, le joli homme !

Mlle Mousset

Il n'y a point de régularité qui puisse tenir là-contre, n'est-il pas vrai ?

Le Chevalier

Or sus, venons au fait, et ne barguignons point, Madame, vous avez du goût pour moi, l'on me l'a dit.

Mme Bardoux

La vertu la plus austère, Monsieur le Chevalier, n'est point à l'épreuve de certains mérites triomphants, et je veux bien vous avouer que le vôtre a fait sur mon cœur...

Le Chevalier

Oui, j'en ai, j'en conviens, passons...

Mlle Mousset

Voilà un gentilhomme qui se connaît, Madame.

Mme Bardoux

Et trop, peut-être.

Le Chevalier

Vous avez donc du goût pour moi, Madame, et j'en ai pour vous, Dieu me damne, tout ce qu'on en saurait avoir. Mais sur quel pied nous aimons-nous ? Épouserons-nous ou non ? Décidez, vous n'avez qu'à parler.

Mᵐᵉ Bardoux

Je ne crois pas, Monsieur, que vous pensiez que je puisse avoir d'autres vues que celles...

Le Chevalier

Je m'explique, Madame, entendons-nous, de grâce. Pour épouser, il faut connaître ? et nous ne nous connaissons pas encore. En attendant le contrat de mariage, ne peut-on pas ᵃ faire comme un bail de cœur à certaines clauses ?

Mᵐᵉ Bardoux

Une personne comme moi ne devrait pas être exposée à entendre des discours si peu respectueux...

---

a. *Gui.*, *Flq.* : ne peut-on faire...

Le Chevalier

Peu respectueux ! vous vous cabrez, vous prenez mal la chose ; vertueuse et régulière comme vous êtes, je veux donner le temps à votre pudeur de se résoudre à convoler en secondes noces, et par excès de régularité, vous voulez précipiter les événements. Hé bien soit, parlons de mariage, et supprimons le bail de cœur ; c'est une espèce de contrat qui est pourtant bien à la mode.

Mme Bardoux

Si vous avez pour moi les sentiments que je souhaite, vous pouvez compter, Monsieur...

SCÈNE XXVI

CLITANDRE, LE CHEVALIER, Mme BARDOUX, Mlle MOUSSET

Clitandre

Ah ! ma chère Mademoiselle Mousset, je me meurs d'amour, de rage, et de jalousie. Un indigne rival...

Le Chevalier

Serviteur à l'agonisant ; je veux te ressusciter, mon ami.

Clitandre

Ah ! mon pauvre Chevalier, tu auras bien de la peine.

Le Chevalier

Regarde cette dame, ce sera un antidote admirable pour toi, sur ma parole.

Clitandre *à Mlle Mousset*

La mère d'Angélique à la Foire ! Par quelle aventure...

Mlle Mousset

Tout se terminera bien, je vais avertir nos gens, donnez-vous patience.

SCÈNE XXVII

CLITANDRE, LE CHEVALIER, Mme BARDOUX

Mme Bardoux

Quel est ce gentilhomme, Monsieur le Chevalier ?

Le Chevalier

C'est un de mes amis, Madame, qui voudrait bien être votre gendre.

Clitandre

Si j'osais espérer, Madame...

Mme Bardoux

Mon gendre, Monsieur ! cela ne se peut pas.

Clitandre

Ah, juste Ciel !

Le Chevalier

Je rendrai la chose possible.

Mme Bardoux

Je suis engagée de parole avec un autre, et le contrat doit être signé demain.

Le Chevalier

Monsieur Farfadel, je le sais. Il ne me connaît pas, mais je le connais, et je vous le ferai connaître.

SCÈNE XXVIII

CLITANDRE, LE CHEVALIER, Mme BARDOUX, ANGÉLIQUE, M. FARFADEL

M. Farfadel

Quoi, dans les termes où nous en sommes, vous pouvez vous défendre...

Angélique

Non, Monsieur, ni présent, ni régal, je ne recevrai rien de vous, s'il vous plaît.

Le Chevalier

Hé ! le voilà, ce galant homme.

Mme Bardoux

Mon gendre et ma fille sont ici ?

Angélique

Ah, juste Ciel ! ma mère.

M. Farfadel

Vous nous surprenez dans une espèce de tête-à-tête que votre aveu rend permis, Madame.

Mme Bardoux

Je vous croyais au Palais, ma fille ; par quel hasard...

Angélique

Vous deviez aller aux prisonniers, Madame ; par quelle
aventure...

Mme Bardoux

Oui, mais j'ai eu mes raisons pour...

Angélique

Nous avons changé de sentiment l'une et l'autre,
Madame, il n'y a rien de plus naturel, et vous ne devez
point blâmer en moi ce que vous avez fait vous-même.

Mme Bardoux

Il y a ici quelque chose que je n'entends pas bien.

Le Chevalier

Ce Monsieur Farfadel est dangereux, Madame, je vous
le garantis ; couru des belles, et elles l'attraperont à la
fin.

Clitandre

Que deviendra tout ceci ?

SCÈNE XXIX

CLITANDRE, LE CHEVALIER, Mme BARDOUX, ANGÉLIQUE, M. FARFADEL, LORANGE, LE BRETON

Le Breton, *déguisé en chanteur d'opéra*

Messieurs, le grand Opéra de la Foire Saint-Germain ? C'est ici, Messieurs ; entrez vite, Mesdames.

Clitandre

C'est Breton, c'est lui-même !

Le Chevalier

Ne dites mot, et laissez faire.

Lorange

Voyez ici, Messieurs, le Cercle nouveau des figures parlantes, aussi hautes que le naturel ; voyez ici, Messieurs.

Le Breton

Le Triomphe de Vulcain, Messieurs, le voilà qui va commencer ; entrez vite.

Le Chevalier

Le Triomphe de Vulcain ! cadedis ! il faut donner régal aux dames. Monsieur Farfadel, le Triomphe de Vulcain, c'est un prélude pour vos noces.

M. Farfadel

Je ne demande pas mieux que de faire les honneurs de la Foire.

Le Chevalier

Vous les ferez, et très bien même, j'en donne parole. Allons, Mesdames.

Clitandre

Où tout cela nous mènera-t-il ?

Le Chevalier

Silence !

Mme Bardoux

Je ne suis pas femme de spectacle : mais la Foire, et la compagnie...

Le Chevalier

De la complaisance, Madame. Qu'on ne nous fasse pas attendre !

Le Breton

C'est moi qui chante le prologue. Allons, Messieurs de l'Orchestre, un petit prélude.

Le Breton *chante*

O que la Foire Saint-Germain
Grossit la Cour de Vulcain.

Scène Dernière

CLITANDRE, ANGÉLIQUE, LE CHEVALIER, Mme BARDOUX, FARFADEL, LORANGE, LE BRETON, Mlle MOUSSET

Mlle Mousset

Hé, à quoi songez-vous donc, Monsieur du Prologue, de commencer ainsi sans avertir vos camarades ?

Le Breton

Qu'est-ce qu'il y a pour faire tant de bruit ? à qui tient-il qu'on ne continue ?

Mlle Mousset

Et le moyen ? Mademoiselle Madelon est enfermée dans sa loge avec ce trésorier de la douane, la servante a emporté la clef, je m'en vais chercher un serrurier pour leur faire ouvrir.

Le Breton

Maugrebleu de ces trésoriers, ils font toujours faire quelque impertinence à nos filles d'Opéra. Nous vous demandons bien pardon, Messieurs.

Lorange

Si ces Messieurs veulent, en attendant, pour ne point perdre de temps, on montrera le Cercle [28].

M. Farfadel

Le Cercle ? Oui, voyons ce Cercle, c'est ma folie, à moi, que les Cercles.

Lorange

Vous serez surpris de celui-ci, je vous en réponds.

On ouvre la boutique au fond du théâtre, et l'on voit en perspective le portrait de Monsieur Farfadel, environné d'Urbine, de Mademoiselle de Kermonin, de Marotte, et d'autres figures.

M. Farfadel

Comment, c'est moi, je pense !

---

28. Voir p. 162 note 19.

Angélique

La figure de Monsieur Farfadel !

Le Chevalier

Oui, par la sandis, c'est lui-même !

Mme Bardoux

Que veut dire ceci ?

Le Chevalier

Vous avez un gendre de distinction, Madame, il brille
à la Foire.

M. Farfadel

Monsieur le montreur de Cercle, je vous apprendrai...

Lorange

Je ne suis que le garçon, Monsieur, c'est une petite
Bretonne qui est l'entrepreneuse.

M. Farfadel

Une petite Bretonne ?

Lorange

Oui, Mademoiselle de Kermonin, vous connaissez cela ?

M. Farfadel

On se moque de moi, je pense ; écoutez, je prendrai mon sérieux.

Mlle de Kermonin

Tu croyais donc me jouer impunément, vieux singe ?

M. Farfadel

Quel contretemps !

Urbine

Tu ne t'échapperas pas de moi, scélérat.

M. Farfadel

Encore ? ah, je suis perdu.

Marotte

Oh, je te dévisagerai, moi, je suis aussi méchante que les autres.

M. Farfadel

A l'aide ! elles ont le diable au corps, il en pleut, je pense.

Lorange

Ce sont des figures parlantes que celles-là.

Mlle Mousset

Et agissantes même. Voilà un beau Cercle !

Mme Bardoux

Cela passe la raillerie, Monsieur le Chevalier.

Le Chevalier

Ce n'est point raillerie : ce sont réalités, Madame.

Mme Bardoux

Comment ?

Le Chevalier

Allons, chantez, Monsieur de Farfadel, vous êtes pris ; chantez, vous dis-je, ou je vous fais mener au Châtelet par cette escouade de femmes.

Mme Bardoux

Expliquez-moi donc ce mystère.

Le Chevalier

Voilà ma sœur Urbine, Madame, à qui ce faquin a fait une promesse de mariage.

M. Farfadel

Hé, je suis tout prêt à l'épouser, tirez-moi d'affaire.

Le Chevalier

Je le prends sous ma protection ; voilà qui est fini.

Mlle de Kermonin et Marotte

Comment, Monsieur ?

Le Chevalier

Point de bruit, Nicole ; doucement, grisette, il nous revient un petit opéra qu'il ne faut pas perdre : mais réglons auparavant nos petites affaires.

Donnez votre sœur Nicole à l'Arménien, Breton ; Clitandre aura soin de leur fortune. Vous épouserez la grisette, vous, le beau-frère Farfadel continuera la pension de la tante, et il vous fera sous-fermier [29] au premier jour.

Le Breton

Oui, mais sans conséquence au moins.

M. Farfadel

Ils s'entendaient tous comme larrons en foire.

---

29. Sous-fermier : Fonction très importante : elle implique que Farfadel soit fermier général, ou trésorier des parties casuelles, ou ait une charge analogue.

Le Chevalier

De vous à moi, nous sommes à peu près d'accord, Madame ; donnez Angélique à mon ami, vous m'en trouverez plus traitable.

Mlle Mousset

Et moi, qui ne me marie point, je dresserai les articles.

Mme Bardoux

Et moi, Monsieur le Chevalier, je ferai tout ce que vous me conseillerez de faire.

Clitandre

Ah ! Madame.

Le Chevalier

Hé, trêve de remerciements. Chose ennuyeuse, la Foire Saint-Germain est aujourd'hui pour nous la Foire aux mariages. Voyons le petit Opéra, et nous irons tous souper ensemble.

DIVERTISSEMENT

Le Breton *chante* :

O que la Foire Saint-Germain
  Grossit la cour de Vulcain !
L'Amour y met en étalage
Ce que son art a de plus fin.
Les présents y sont en usage :
Et telle femme y vient fort sage,
Qui l'est bien moins le lendemain.
O ! que la Foire Saint-Germain, etc.

Tous les acteurs et actrices répètent en chantant les
deux derniers vers, après quoi huit petites figures du
Cercle dansent un passe-pied ; quand il est fini, l'acteur
qui montre le Cercle chante la chanson suivante :

Amants sans délicatesse,
Qui changez soir et matin,
Venez prendre des maîtresses
A la Foire Saint-Germain.
Mille beautés peu tigresses
Font ici commerce de tendresses.
      En amour
Les marchés n'y durent qu'un jour.

Les mêmes figures du Cercle qui ont dansé le passe
pied, dansent une espèce de bourrée, qui est suivie de
cette chanson.

> *Chaque saison a sa divinité.*
> *L'hiver est soumis à Borée,*
> *Au printemps Flore est adorée,*
> *Cérès domine sur l'été,*
> *Et Bacchus en automne est le Dieu respecté.*
> *Dans l'empire de l'hyménée*
> *Vulcain règne toute l'année.*

Le Breton *chante* :

> *Le soir aux chandelles*
> *Tout brille en ces lieux.*
> *Souvent les moins belles*
> *Y charment les yeux*
> *Un cœur prompt à se rendre*
> *Peut s'y laisser prendre :*
> *Mais sitôt qu'il est jour*
> *Adieu le charme et l'amour.*

Deux des petites figures du Cercle dansent une gigue ;
le Breton et l'acteur qui montrent le Cercle chantent
ensemble :

> *Vive l'amour, vive la bonne chère,*
> *Est-il rien qui soit plus doux ?*
> *Bannissons tous*

Ces vieux hiboux,
Ces loups-garous,
Ils sont jaloux
De nous voir faire
Ce qu'ils faisaient avant nous.
Avec Bacchus et l'Amour et sa mère,
Il est un temps pour être fou.
Vive l'amour, etc.

ENTRÉE D'UN GILLE [30]

Le Breton chante les couplets suivants, que tous les
acteurs répètent :

L'Amour est un dieu commode
Qui s'est fait ici marchand forain,
La marchandise à la mode
Se prend dans son magasin ;
Et si l'on ne s'en accommode,
On peut la changer le lendemain

Quand l'Amour donne en partage
Des attraits, des grâces à foison,
On en fait un doux usage

---

30. Gille : Acrobate et danseur de corde, d'origine française. Son costume
était assez proche de celui du *fou* traditionnel. Selon les frères Parfaict (*op.
cit.*, p. 6), le premier Gilles de la Foire se nommait Marc et débuta en 1697
dans la troupe d'Allard. La présence d'un Gille (ou *Gilles*) dans le Divertissement de la comédie de Dancourt laisse supposer qu'il en existait un déjà en
1695. Sur son costume, voir B.N., estampes (Tb 1*, rés., format 3). Sur les
confusions avec Pierrot, voir F. Moureau, « Watteau dans son temps », *Cata-
logue exposition Watteau*, Paris, 1984, p. 490).

Par plaisir et par raison :
Mais qui vend au printemps de l'age,
Achète dans l'arrière saison.

Que l'emplette est bonne et belle
D'une aimable fille de quinze ans ;
Mais si l'on la veut fidèle,
Il faut la chercher longtemps.
Marchandise de ce modèle
Ne se trouve pas chez nos marchands.

Boutique la mieux garnie
N'est pas celle où vont le plus de gens ;
Pour attirer compagnie,
Il faut de certains talents.
Marchande coquette et jolie
N'a jamais eu faute de chalands.

Au seul bonheur de vous plaire
Nous bornons nos vœux et nos talents ;
A cette importante affaire
Nous donnons tous nos moments.
Si nous pouvions encore mieux faire,
Nous serions heureux, et vous contents [a][31].

FIN

a. Dans l'édition Guillain, on lit dans les *Airs pour la Foire Saint-Germain* les couplets suivants :

[Premier couplet :]   O, que la foire Saint-Germain
                       Grossit la cour de Vulcain [etc.]

[Deuxième couplet :] Chaque saison a sa divinité.
                     L'hiver [etc.]

[Troisième couplet :] Ah ! que la jeunesse à Paris
                      Vit d'une manière agréable ;
            Les douceurs de l'amour, les plaisirs de la table
                      Partagent ses jours et ses nuits ;
                      Ah ! que la jeunesse à Paris
                      Vit d'une manière agréable.
                      Le beau sexe est toujours aimable ;
                      Il est peu de fâcheux maris ;
                      Un vin de Champagne admirable
                      Se vend chez Fitte à juste prix.
                      Ah ! que la jeunesse...

[Quatrième couplet :] Monsieur Farfadel Sandis sur mon amé,
                      Per un home viel avés prou de flamé
                         May tal fanfaron fa fracas
                           A-mé force Damés
                         Que maridad est bien-tôt las
                           D'uné seulé fam-mé
                         Que maridad est bien-tôt las
                           D'uné seulé fam-mé.

[Cinquième couplet :] Vive l'amour, vive la bonne chère,
                      Est-il rien, etc.

----

31. Les frères Parfaict rapportent dans leur *Histoire du Théatre français*,
que les comédiens italiens, après l'échec relatif de la pièce de Dancourt, ajoutèrent à leur divertissement final deux couplets triomphants :

« *Couplets ajoutés*, Sur ce que messieurs les comediens François voyant le
succès extraordinaire de cette pièce, en donnerent une sous le même titre qui
n'eut point de reussite.

                    Mezzetin *au Parterre*
          (Sur l'air : « Vous qui vous moquez par vos ris »)
              Deux troupes de marchands forains
                  Vous vendent du comique,
              Mais si pour les Italiens
                  Votre bon goût s'explique,
              Bientôt l'un de ces deux voisins
                  Fermera sa boutique.

Arlequin

Quoique le pauvre Italien
    Ait eu plus d'une crise,
Les Jaloux ne lui prennent rien
    De votre chalandise.
Le Parterre se connaît bien
    En bonne marchandise. »
    (E. Gherardi, *Théâtre italien*, t. VI, p. 304-305)

LES EAUX DE BOURBON

Comédie en un acte
jouée pour la première fois
sur la scène de la Comédie-Française
le 4 octobre 1696

TEXTE

Le texte suivi est celui de l'édition Ribou de 1711 :

LES ŒUVRES / DE MONSIEUR / D'ANCOURT. /
SECONDE EDITION / Augmentées de plusieurs Comedies
qui n'a / vaient point été imprimées. / Ornées de figures en
taille-douce et de Musique. TOME TROISIEME. (Voir p. 1).

Autres textes de référence et indication des abréviations :

Gui. : *LES EAUX / DE / BOURBON / Comedie de Mr
DANCOURT* / A PARIS / chez THOMAS GUIL-
LAIN sur le Quay des Augustins à la descente du /
Pont Neuf, à l''image S. Louis / MDCXCVII / AVEC
PRIVILEGE DU ROY.

C'est l'édition originale. On la retrouve dans les
recueils factices, LES ŒUVRES DE Mr DAN-

COURT, de Pierre Ribou, éditions de 1698 et de 1706.

Fop. : *LES / EAUX / DE / BOURBON,* | COMEDIE | de Mr DANCOURT, dans *PIECES / DE / THEATRE / COMPOSEES / PAR / Mr. DANCOURT,* | Tome II. | A Brusselle, chez FRANÇOIS FOPPENS, | 1698.

Flq. : *LES / ŒUVRES / DE / Mr DANCOURT / contenant / les nouvelles Pièces de / Theatre / Qui se jouent à Paris, / Ornées de Danses et de Musique.* | TOME SECOND / A LA HAYE / chez ETIENNE FOULQUE, Mar / chand libraire dans le Pooten MDCCVI / Avec privilège des Etats de Hollande et de Westphalie.

Ms. : Manuscrit : Les Archives de la Comédie-Française possèdent un manuscrit, intitulé *Les Eaux de Bourbon, comédie*, cahier d'une soixantaine de pages, au format 17 × 27,5 environ, entièrement de l'écriture de Dancourt. Ce manuscrit est parfaitement lisible — Dancourt avait une belle main et semble en avoir été fier —, son orthographe est correcte, à l'accentuation près, mais presque sans ponctuation. Il comporte quelques corrections et surtout un grand nombre de passages biffés, parfois importants, mais toujours peu significatifs. En général, le manuscrit a d'abord été rayé au crayon rouge épais, en surligne, puis à l'encre, à grands traits obliques, aussi lit-on l'ensemble sans aucune peine.

On peut supposer qu'il ne s'agit pas d'un manuscrit de premier jet, mais d'un texte destiné à la lecture de l'œuvre aux comédiens, corrigé, au cours de celle-ci, ou des répétitions, voire des premières représentations de la pièce, pour en réduire la longueur. Peut-être, par la suite, servit-il au souffleur. En revanche, on n'observe aucun ajout. Il ne nous renseigne pas moins

sur la méthode de travail de Dancourt, voire sur sa
facilité : un dialogue dont on supprime ainsi le cin-
quième ou le sixième, sans aucun problème de raccor-
dement, ne saurait être un dialogue dense, dont chaque
propos serait nécessaire. Sur fond d'échanges banals
l'auteur greffe ses allusions aux mœurs, aux eaux, à
l'actualité, etc. Puis il coupe ce qui est le moins signi-
ficatif, le plus pauvre de sens, et ainsi, à partir d'un
propos brillant mais diffus, on aboutit à un dialogue
final sensiblement plus concentré, et donc beaucoup
plus vif. C'est d'ailleurs la méthode que continuent à
suivre la plupart des auteurs de boulevard.

ACTEURS

LE BARON de Saint-Aubin.

M. GROGNET, Médecin.

Mme GUIMAUVIN, veuve d'apothicaire.

LA PRÉSIDENTE.

LE CHEVALIER de la Bressandière.

LA MARQUISE de Fourbanville.

BABET, fille de M. Grognet.

BLAISE, paysan de Bourbon.

VALÈRE, fils du Baron de S. Aubin.

LA ROCHE, valet de chambre de Valère.

JASMIN, petit laquais.

Plusieurs musiciens et danseurs.

La scène est à Bourbon-les-Bains.

LES EAUX DE BOURBON

SCÈNE PREMIÈRE

Blaise *seul*

Palsanguenne, il faut avouer que je sis un grand fou de me mêler des affaires d'un homme aussi fou que ce vieux Monsieur le Baron de Saint-Aubin qui loge cheux nous. Il viant ici prendre des yaux pour se rétablir le foye, et il y deviant estropié par la çarvelle ; les Médecins le guarissont d'une façon, et les femmes [a] le rendont malade d'une autre. Je crois, Dieu me pardonne,

---

N. B. : *Indications pour la lecture des variantes de cette pièce :*

Italiques : Passages communs à la variante et à notre édition.

Romain : Texte des variantes, sauf s'il est en italique dans la variante elle-même.

[ ] : Texte déjà rayé dans le manuscrit de Dancourt.

[[ ]] : Texte corrigé dans le manuscrit de Dancourt.

(italiques) : Nos propres commentaires, sauf s'ils portent sur une variante en italique ; dans ce cas ils sont en (romain).

a. *ms.* : *et les filles et* les femmes...

qu'il est amoureux de tretoutes, mais il n'y en aura pas une qui devienne amoureuse de ly. Le vela qui viant ici. Queu peste de figure !

SCÈNE II
LE BARON [a], BLAISE

Le Baron

Me voilà quitte de mes petites fonctions de la matinée ; j'ai bu mes eaux, pris mon bouillon, rendu mon remède, et mangé ma petite soupe, je me sens gai comme un pinson. Hé bien, mon pauvre Blaise, as-tu songé...

Blaise

Oui, Monsieur : mais, ne vous en déplaise, vous n'y songez pas ; vous, courir les rues dans l'équipage [1]. où vous velà !

a. *Gui., Fop., Flq. ont ici* Le Baron, *mais ailleurs* Saint-Aubin. *Dans le manuscrit, Dancourt écrit* St Aubin *en tête de toutes les répliques, et non pas* Le Baron. *Ces variantes étant constantes, nous ne les signalerons plus.*

1. Équipage : « Provision de tout ce qui est nécessaire pour voyager, ou s'entretenir honorablement, soit de valets, chevaux, carrosses, habits, armes, etc. » (F.) En fait *équipage* désigne souvent l'allure générale, l'accoutrement. Furetière donne l'exemple « Un homme en pauvre, en triste équipage lorsqu'il est mal vêtu... ». Ici il s'agit de l'accoutrement du Baron, en costume de cure, c'est-à-dire peut-être en robe de chambre, et, à coup sûr, avec son bonnet de nuit. Il y avait certainement un effet de spectacle, dans l'arrivée du personnage.

Le Baron

Pourquoi non ? C'est un pays de liberté où l'on vit sans façon et sans contrainte. Ah, l'aimable séjour ! On donne une partie du temps au soin de sa santé, et le reste au plaisir et à la galanterie. Les malades se divertissent mieux à Bourbon que les gens bien sains ne font ailleurs. Oh, que j'ai été bien conseillé de venir aux eaux cette année !

Blaise

Oui-dà, il y a bonne compagnie, n'est-il pas vrai ?

Le Baron

Tous gens d'esprit, de goût, de plaisir, de bonne chère. Cette Présidente, par exemple, à soixante-dix ans [a], quelle humeur de femme !

Blaise

C'est une gaillarde, oui.

Le Baron

Et ce Chevalier qui est si beau joueur, et qui me gagne tous les jours mon argent, l'agréable homme !

----

a. *Gui.*, *Fop.*, *Flq.* : soixante et dix ans

Blaise

Oui-dà, il aime itou bian ce pays-ci, stilà, il viant aux yaux deux fois l'année, et l'an ne sait pour queu maladie. Morgué s'il a la goutte, ce n'est pas au bout des doigts [2], je vous en avertis.

Le Baron

C'est encore un bon original que ce vieux intendant qui amène ici sa femme pour avoir des enfants [3].

Blaise

Alle n'en aura point de ce voyage-ci, c'est moi qui vous le dis.

Le Baron

Elle n'en aura point, comment sais-tu cela ?

Blaise

Bon, tatigué, est-ce que je n'avons pas l'expérience ? Tenez, Monsieur, quand des maris amenont ici leurs

---

2. Entendez que les doigts du Chevalier sont agiles à manier les cartes — et donc à tricher. C'est probablement une expression proverbiale, encore que Furetière ne la signale pas, peut-être parce qu'elle est basse.

3. La guérison de la stérilité était attribuée principalement — entre autres vertus — aux eaux de Forges, mais Dancourt n'allait pas manquer l'occasion d'une allusion grivoise.

femmes pour ça, les yaux n'y font rian. Quand les femmes venont toutes seules, les yaux operont que c'est des
marveilles.

Le Baron

Elles sont admirables ; et depuis que j'en prends, je
me sens le corps et l'esprit tout rajeunis.

Blaise

C'est ce que je disois tout seul tout à l'heure, vous
devenez aussi fou qu'un jeune homme.

Le Baron

Quand on veut plaire à une jeune fille, il faut avoir
des manières jeunes, mon enfant.

Blaise

Vous voulez plaire à une jeune fille, Monsieur ?

Le Baron

Et je lui plairai, je t'en réponds. Je ne m'y prends
pas mal, et les petits régals que je lui donne...

Blaise

Quoi, c'est pour ça que vous faites tant de sottises ?

Le Baron

Comment des sottises ? ce maraud-là...

Blaise

Dame, acoutez, je vous demande pardon, je sommes francs en ce pays-ci. Mais qui est cette jeune fille, s'il vous plaît ? Je connoissons tout le monde, et je vous dirai bian si elle sera assez ridicule.

Blaise

Pour m'aimer, n'est-ce pas ?

Blaise

Oui, Monsieur.

Le Baron

Ce ne sont pas là tes affaires. M'as-tu amené ces flû-tes [4], ces musiciens...

---

4. *Flûtes* : Synecdoque habituelle. Cependant l'expression utilisée marque ou bien un certain mépris, ou bien le peu de compétence musicale du Baron. Mais, comme il le dira, il veut faire sa cour dans les règles. Au reste, la flûte est un instrument à la mode dans les « concerts bourgeois ». Le futur Régent, lui-même y excellait.

Blaise

Ils attendont votre commodité tout ici proche.

Le Baron

Fais-les venir et apporte-moi une chaise. Je suis si faible, que j'ai toutes les peines du monde à me tenir sur mes jambes.

Blaise

Tâtigué que vela des manières bian jeunes !

SCÈNE III

Le Baron *seul*

[a] Voici la maison de mon médecin, Monsieur Grognet, les fenêtres de l'aimable Babet Grognet sa fille donnent

---

a. *ms.* :

Scène 3[e]
St Aubin seul

[Je fais ce que je puis pour oublier mon infidèle marquise de fourbanville et jen viendray à bout quand je seray marié une fois elle ne pourra plus me raccrocher. Voilà qui est fait il faut que je me marie] *Voici la maison...*
(*En marge de ce texte et également rayé* :) [Je suis assez bien logé chez ce rustre-là et sa femme a bien soin de moi mais il se rend un peu trop familier].

sur cette place-ci justement, je vais me mettre tout vis-à-vis, afin qu'elle me voie. Ah, qu'elle va être aise d'entendre de la musique faite exprès pour elle ! Voilà comme on les attrape. Oh, pour cela je sais bien faire l'amour, c'est grand dommage que je vieillisse, je suis un joli homme.

SCÈNE IV

LE BARON, BLAISE, des Musiciens, etc.

Blaise

Tenez, Monsieur, vela une chaise pour vos jambes, et de la musique pour vos oreilles. Je fais tout ce que vous me dites, comme vous voyez.

Le Baron *s'assied à un des bouts du théâtre* :

Allons, enfant, ce trio de flûtes, et cet air italien seulement. Nous verrons tantôt la petite mascarade que je vous ai commandée pour le bal de ce soir.

Blaise

Un bal aux yaux ! Morgué que je varrons danser de fluxions et de rhumatismes !

Le Baron ᵃ *s'endort dans le fauteuil pendant le concert.*

AIR ITALIEN ᵇ

Que giôva
Tra l'aquâ
Cercar la sanita,
Quando il cûore
Del fuoco d'amore
S'estrugge ê s'avampa.

O Belta Cara Belta
Deh per pieta
Sanate me.

Un ciglio vivace
Mi tolze
La pace
Et con strali seviri
Ardenti,
Pungenti,
Il cuor mi feri

O Belta Cara Belta
Deh per pieta
Sanate me ⁵.

a. *ms.* : *St Aubin dans le fauteuil s'endort pendant le concert.*
b. *ms.* : *Chanson italienne* (non notée).

---

5. Traduction : *Quelle joie de chercher la santé à travers l'eau quand le cœur du feu d'amour se consume et s'enflamme. O Belta (Élisabeth), chère Belta, las, par pitié, guérissez-moi. Un œil vif m'enlève la paix et de ses traits cruels, ardents, poignants, il me perce le cœur. O Belta, chère Belta, las, par pitié, guérissez-moi* (dialecte napolitain).

SCÈNE V

LE BARON, M. GROGNET, BLAISE,
les Musiciens.

M. Grognet

C'est une chose étrange que la manie de ce pays-ci !
Toujours des flûtes, des hautbois, des violons, de la
musique, cela me fera renoncer à la médecine. Le grand
plaisir d'avoir des malades qui ne font rien moins que
leur métier, et qui ne songent qu'à se divertir !

Blaise

Le médecin Grognet n'aime pas la joye.

M. Grognet

Est-ce toi, gros coquin, qui m'amène ici ces canailles-
là faire leur charivari. Qui est le sot qui les paye ?

Blaise

C'est Monsieur que vela qui viant dormir en musique, pour plaire à une jeune fille : ne seroit-ce pas la
vôtre ?

M. Grognet

C'est Monsieur le baron de Saint-Aubin, je pense ?

Le Baron *s'éveillant*

Qu'est-ce que c'est ? Qu'y a-t-il ? Ils ont déjà fini ?

M. Grognet

Hé, à quoi songez-vous donc, Monsieur le Baron ? Puisque vous avez envie de dormir, vous seriez mieux dans votre lit que dans la rue.

Le Baron

Dans mon lit, Monsieur Grognet ?[a] Quand on donne un petit régal de musique à quelque belle, la règle est qu'on soit sous ses fenêtres.

Blaise

Oui : mais la règle n'est pas qu'on y dorme.

---

a. *ms.* : *Dans mon lit* [Monsieur Grognet ?] *Quand on donne...*

M. Grognet

Vous avez de l'émotion [6].

Le Baron

Le moyen de n'en pas avoir, je suis tout feu, Monsieur Grognet.

M. Grognet

Entrez chez moi pour vous reposer.

Le Baron

Très volontiers [a], j'ai mes raisons pour m'y trouver mieux qu'en lieu du monde.

Blaise

C'est à Babet Grognet qu'il en veut, je gage.

---

a. *ms.* : *Très volontiers* [Vous savez bien que] *j'ay mes raisons...*

---

6. Cette réplique n'est justifiée que par un jeu de scène : M. Grognet prend le pouls du Baron.

Le Baron

ᵃ Allez, enfants, voilà qui est bien ; tantôt sur le soir
ne manquez pas de venir aux fontaines, et que la mascarade soit jolie, nous y danserons, nous y danserons.

SCÈNE VI

M. GROGNET, LE BARON

M. Grognet

Vous prenez tout sur vous, Monsieur le Baron, et
vous me débauchez tous mes malades, vous n'y songez
pas, au moins. Leur donner le bal ! Vous m'en ferez
crever plus de la moitié.

---

a. *ms.* :

... je gage.

[St Aubin

Vous scavez ce que je vous ay dit il ne tiendra qu'a vous...

Grognet

Nous allons parler sérieusement de cette affaire

St Aubin

A la bonne heure]   aux musiciens

Allez enfans voilà...

Le Baron

La joie et le plaisir ne font jamais de mal, Monsieur
Grognet ; demandez à Madame la Présidente que voilà,
c'est bien la femme la plus enjouée que je connaisse.

SCÈNE VII

LA PRÉSIDENTE, M. GROGNET, LE BARON, BLAISE

La Présidente

Oh, cela est bien changé, mon pauvre Monsieur le
Baron, je n'en puis plus, les eaux me sont mortelles, et
l'on m'enterrera ici, je pense.

M. Grognet

J'ai passé chez vous ce matin sur les dix heures,
Madame, mais vous n'étiez pas encore éveillée.

La Présidente

Je venais de me coucher, Monsieur Grognet, nous
avons joué toute à la nuit la bassette.

Le Baron

Joué toute la nuit, Madame la Présidente ?

La Présidente

Rien ne me fait tant de bien, Monsieur le Baron.
Avez-vous vu ma sœur aînée, Monsieur Grognet,
Madame la Comtesse de la Ratatinière, qui arriva hier,
et qui vient prendre des eaux pour son inflammation de
poitrine ?

M. Grognet

Elle dormait aussi, Madame ; sans cela j'aurais eu
l'honneur...

La Présidente

Vraiment, je le crois bien, qu'elle[a] dormait. Cette
vieille folle, malade comme elle est, qui s'enivra hier de
vin de Canarie[7].

---

a. *ms.* : *qu'elle* [donnoit] *dormoit.*

---

7. Voir note 3, p. (108).

Blaise

Tâtigué, que vela de biaux régimes de vie pour de vieilles malades.

La Présidente

On dit que vous donnez le bal aujourd'hui, Monsieur le Baron ?

Le Baron

Oui, Madame.

La Présidente

Il n'est pas malaisé de deviner pour qui la fête se fait ; vous êtes amoureux, petit badin.

Le Baron [a]

Ç'a toujours été votre faible et le mien, ma chère Présidente.

---

a. *ms.* :

...petit badin.

[Le Baron] St Aubin

La Présidente

Oh çà, dites-moi donc, Monsieur Grognet, que faut-il que je fasse pour mes maux de tête, et pour mes rhumatismes ? car je m'en meurs, je vous en avertis.

M. Grognet

Je vous l'ai déjà dit, Madame, la diète est une des choses qui contribuera le plus...

La Présidente

A propos de diète, nous faisons cette nuit médianox [8] chez le chevalier de la Bressandière ; il vous l'a fait dire [a], Monsieur le Baron ?

Le Baron

Oui, Madame.

a. *Fop*. : Il vous l'a fait dire, il vous l'a fait dire,

---

8. Medianox : Furetière donne la forme *Médianoche* : « Repas qui se fait au milieu de la nuit, notamment dans le passage d'un jour maigre à un jour gras, après quelque bal ou réjouissance. ... Chez les bourgeois on l'appelle un *réveillon*. » -

La Présidente

C'est un joli homme que ce Chevalier [a]. La tête me fend, Monsieur Grognet, vos eaux de Bourbon me rendent plus malade que je ne l'étais quand je suis arrivée.

Blaise

[b] Morgué, la vieille Présidente crèvera de débauche, et les yaux de Bourbon en auront le blâme.

---

a. *ms.* :
C'est un joly homme que ce Chevalier [et comme je suis veufve Dieu mercy Je ne m'explique pas là dessus. Je ne m'explique pas

grognet

On vous entend me +

La presidente]

* *La tête me fend...*
(*En marge, entre* + *et* * *on lit* :)

[La presidente

Vous serez aussi du medianox mr grognet. Je me suis chargée d'en prier vous et Mlle votre fille il ny aura presque que de vos malades nous nous divertirons à merveilles

grognet

Je ne manqueray pas de my trouver Me]

b. *ms.* :   *...arrivée.*

[grognet

St Aubin

A moins de les prendre comme moi avec une certaine régularité]

Blaise

Morgué...

M. Grognet

Entrez au logis, Madame, nous y parlerons de votre maladie, et nous prendrons des mesures...

[a] La Présidente

Donnez-moi donc la main, Monsieur le Baron.

Blaise

Pargué le bal de tantôt sera drôle. Vela déjà deux bons mascarades. Qui est celle-ci encore ?

---

a. *ms.* :   *des mesures...*

[La presidente

ecoutez si vos eaux de Bourbon ne font pas bien leur devoir

grognet

Vous en serez contente entrez Mme]

LA PRESIDENTE

Donnez moy...

SCÈNE VIII [a]

LA MARQUISE, JASMIN, BLAISE

La Marquise avec une servante
et un petit laquais portant des hardes

Allez, petit garçon, allez ; vous savez bien où j'ai coutume de loger, menez-y cette fille.

Jasmin

N'est-ce pas là-bas, en tournant du côté gauche ?

La Marquise

Oui, chez la veuve de cet apothicaire, là, auprès de la fontaine ; qu'on vous donne les mêmes chambres que j'avais l'année passée.

Jasmin

Je lui dirai, Madame.

---

a. *ms.* : Scene 7ᵉ (*C'est une erreur de Dancourt, la scène précédente était déjà scène 7ᵉ. Ce décalage subsistera jusqu'à la scène XV*).

SCÈNE IX [a]

LA MARQUISE, BLAISE

Blaise

Hé pargué, c'est encore une buveuse d'yau de notre connaissance.

La Marquise

C'est toi, Blaise ? Hé, bonjour, mon enfant.

Blaise *en l'embrassant*

Votre valet, Madame la Marquise ; hé, comment vous en va ?

La Marquise

Tu vois, je reviens encore en ce pays-ci.

---

a. *ms.* : Scene 8ᵉ

Blaise

J'avons le bonheur de vous y voir tous les ans ; c'est une rente : mais ce n'est pas les yaux que vous venez prendre cette fois ici, peut-être ?

La Marquise

Non, mon enfant.

Blaise

Tant mieux pour vous. Cet abcès que vous aviais à la hanche est donc refarmé pour le coup ?

La Marquise

Oui, ne parle point de cela, je te prie [a]. Je me porte à merveilles.

---

a. *ms.* :   *...je te prie.*

[Blaise
et vous voyez clair à present de cet œil là qui ne voyoit goutte

La marquise
comme de l'autre ce n'estoit qu'une bagatelle

Blaise
et cette grosseur qui vous estoit venue sur l'os de la jambe comment ça
va til ne vous en deplaise

La marquise]
Je me porte à merveilles [finy te dis-je]

BLAISE

A marveilles

Blaise

A marveilles ! Bon, j'en sis bian-aise, et je comprends ce qui vous amène ; c'est queuque mari ou queque galant que vous venez charcher à Bourbon ? Acoutez, je n'avons quasi que des malingres cette année, et j'ai bian peur que vous ne trouviais pas votre affaire.

La Marquise

Tu me crois donc bien [a] difficile ?

Blaise

Oui. Vous avez la meine d'une connoisseuse, il vous faut de bonne marchandise, je gage : mais votre hôtesse, Madame Guimauvin, vous aidera à charcher : c'est une habile femme.

La Marquise

Pour une personne de province, elle a autant d'esprit et de savoir vivre...

Blaise

Oh, morguenne oui ; pour ce qui est d'en fait d'en cas de ça, c'est la parle du pays : aussi, elle a fait ses

---

a. *ms.* : bian

études à Paris, et dans le faubourg Saint-Germain [9], encore. Tâtigué, que n'an dit que c'est une bonne école.

La Marquise

La voilà, je pense.

Blaise

Vous pensez bian, c'est elle-même. Jusqu'au revoir [a]. Vous avez queuque affaire ensemble, morgué dépêchez-vous, je vous en prie, j'ai itou queuque chose à lui dire.

Scène X [b]

Mme GUIMAUVIN, LA MARQUISE

Mme Guimauvin

Je ne me trompe point, c'est Madame la marquise de Fourbanville.

a. *ms.* : Si *vous avez...*
b. *ms.* : Scene 9^e

---

9. Intention satirique : le faubourg Saint-Germain est un quartier riche et snob. Les « études » dont on parle sont évidemment celles d'entremetteuse, comme servante, sans doute. Mais il peut y avoir aussi une allusion au fait que la Comédie-Française était au faubourg Saint-Germain ou, tout au moins, à la limite.

La Marquise

C'est moi-même, Madame Guimauvin : que j'aie de joie de te revoir, et de t'embrasser !

Mme Guimauvin

Vous arrivez, apparemment ?

La Marquise

Je descends de carrosse, et je viens d'envoyer mes hardes chez toi.

Mme Guimauvin

Que vous vous portez bien à présent ! C'est plus par habitude que par nécessité, que vous venez à Bourbon, n'est-ce pas ?

La Marquise

J'y viens, j'y viens comme beaucoup d'autres, changer de plaisir et d'occupation ; respirer un autre air que celui de Paris, faire quelque nouvelle connaissance pour passer l'hiver agréablement ; et que sait-on ce qui peut arriver ? Avec un peu d'esprit, quelque agrément, des manières tendres, engageantes...

Mme Guimauvin

Je vous entends : c'est une dupe que vous venez chasser en ce pays-ci : il s'y en rencontre quelquefois de bonnes ; et si vous étiez arrivée trois jours plus tôt seulement, il y avait un vieux goutteux de quinze mille livres de rente, dont on aurait tâché de vous mettre en possession : c'est un gentilhomme de Quimpercorentin, Seigneur ^a Banneret de Kergrohinizouarne, qui vous aurait fort accommodée.

La Marquise

Je serais partie plus tôt de Paris, sans une partie de lansquenet qui a duré huit jours plus que nous ne ^b pensions.

Mme Guimauvin

Une partie de lansquenet qui dure huit jours !

La Marquise

Oui, mon enfant. Un petit chevalier de la rue Saint-Denis, et un jeune orphelin de la huitième des

---

a. *ms.* :   *... de quimper Corentin*
Seigneur
[(1 mot illisible)] *Banneret de...*
b. *ms.* : *... huit jours plus que nous ne* [croiions] *pensions.*

Enquêtes [10], se sont adonnés chez moi pour se mettre dans le monde.

Mme Guimauvin

C'est une des belles portes par où l'on y puisse entrer, Madame, à ce que j'ai ouï dire.

La Marquise

Nous avons été près de trois semaines à leur gagner cinq ou six cents [a] mauvaises pistoles qu'ils avaient. Tant que leur argent a duré, il aurait été de mauvaise grâce de ne leur pas tenir compagnie.

Mme Guimauvin

Que vous êtes complaisante, Madame ! pourquoi ne les pas expédier plus vite ? J'ai vu le temps qu'une bagatelle comme celle-là, n'aurait pas tenu vingt-quatre heures.

La Marquise

Tout dépérit à Paris, ma chère enfant, nous n'avons presque plus de beaux joueurs ; les meilleurs, même,

a. *ms.* : ... *ou six cents* [pistolles] *mauvaises pistoles*

---

10. *Chambre des Enquêtes* : Chambre du Parlement de Paris, où le jeune homme serait Conseiller. Mais il n'y en eut jamais plus de cinq. Parler de la huitième est donc une plaisanterie.

sont en province ; à Turin. à Lyon, à Chambéry. Depuis la paix de Savoie, nous avons de gros détachements sur la route [11].

Mme Guimauvin

Il y a ici, depuis quelque temps, aussi un chevalier de votre connaissance, et qui fait vraiment bonne figure.

La Marquise

Qui donc ?

Mme Guimauvin

Hé, là, celui qui faisait l'abbé l'année passée.

La Marquise

Ah ! vraiment oui, je le connais ; c'est son département que les Eaux de Bourbon, il en rend quelque chose à la bourse commune ; il y a deux ans qu'il y était encore en officier suisse.

---

11. Au cours de la guerre de la Ligue d'Augsbourg, Victor-Amédée, d'abord allié des Impériaux, ayant vu ses États occupés par les Français après la victoire de Catinat à La Maraille (1693) se détacha de la Ligue et, par les traités du 29 juin et du 29 août 1696, il accepta de faire une paix séparée moyennant la récupération de Pignerol et l'évacuation de ses États. Il s'engageait à obtenir en outre la neutralité de l'Italie et à s'en emparer en cas de refus.

Mme Guimauvin

Je m'en souviens, vous avez raison ; il faisait l'hydropique [a], si je ne me trompe.

La Marquise

Justement, c'est lui-même.

Mme Guimauvin

J'ai aussi quelque idée de l'avoir vu faire le marchand
de bœufs dans le coche d'Auxerre.

La Marquise

Cela n'est pas impossible. Et sur quel prétexte vient-il
aux Eaux cette année ? Quel nom s'est-il donné ?

Mme Guimauvin

On l'appelle Monsieur le chevalier de la Bressandière : il est ici pour une jambe qu'il a eue cassée en

---

a. *ms.* : ... *l'hydropique* [je pense] *si je ne me trompe*

Catalogne, par un parti de Miquelets [12], à ce qu'il dit, à la descente d'une montagne, mais... [a]

La Marquise

Il ne ment que dans les circonstances. La jambe cassée n'est pas un conte : mais ce fut à Paris, dans la rue de l'Université, par un parti de laquais, à la descente d'une fenêtre, par où les maîtres l'avaient prié de sortir. Il est un peu sujet aux aventures d'éclat, c'est un de ces fripons de distinction...

Mme Guimauvin

Le voilà, Madame.

La Marquise

Oui, je le reconnais, c'est lui-même.

a. *ms.* : ... *d'une montagne mais* [c'est un conte]

12. Miquelets : Miliciens espagnols, du nom de leur fondateur, Miquelet de Pradts. La France en créa, elle aussi, une compagnie, sous le nom de Fusiliers de montagne. La guerre en Catalogne dura jusqu'à la paix de Ryswick (1697). Il s'agit là d'allusions non seulement à l'actualité politique, mais aussi à la situation géographique de Bourbon, assez proche de la Savoie et sur la route de la Catalogne.

SCÈNE XI [a]

LE CHEVALIER, Mme GUIMAUVIN, LA MARQUISE

Le Chevalier [b]

Madame la Marquise de Fourbanville encore à Bourbon cette année !

La Marquise

J'y trouve Monsieur l'Abbé Trafiquet changé en chevalier de la Bressandière !

Mme Guimauvin

Vous venez souvent ici l'un et l'autre : mais ce ne sont pas les mêmes raisons qui vous y amènent.

La Marquise

La fortune y conduit les uns, et l'amour y attire les autres.

---

a. *ms.* : 10^e

b. *ms.* : *Le CHEVALIER* [gascon] (*ensuite* : Le Chevalier *tout court*).

Le Chevalier

Pour moi, malheureusement une vraie blessure...

La Marquise

Ces canailles-là vous maltraitèrent bien.

Le Chevalier

La guerre est vive en Catalogne ; j'étais poursuivi, je me trouvais sur une éminence.

Mme Guimauvin

Au premier étage, peut-être ?

Le Chevalier

Oui, justement, de la hauteur d'un premier étage... Je franchis le péril avec intrépidité, je tombai dans une embuscade...

Mme Guimauvin

Quelque troupe de laquais qui vous guettait, apparemment ?

Le Chevalier

Non, de Miquelets, Madame, de Miquelets en Catalogne, que diable !

Mme Guimauvin

Je confonds, Monsieur, je vous demande pardon ; c'est que Madame la Marquise me contait dans le moment une aventure de la rue de l'Université [13], à peu près...

Le Chevalier

De la rue de l'Université ! Ah ! vous tirez sur vos amis, cela n'est pas bien, Madame la Marquise, et l'on pourrait par représailles...

La Marquise

Ne vous fâchez pas, elle est discrète.

Le Chevalier

Elle est discrète ? J'en suis bien aise. Il n'y a donc pas d'inconvénient à lui dire que Madame votre mère est la bouquetière de la Pointe Saint-Eustache [14].

---

13. La rue de l'Université est une des rues du faubourg Saint-Germain.

14. La Pointe Saint-Eustache est le carrefour situé au chevet de l'église Saint-Eustache, à l'angle des rues Montmartre et Montorgueil, prolongées par

La Marquise

Que vous êtes badin, Chevalier !

[a] Mme Guimauvin

Ce sont des choses que vous me permettrez, Monsieur...

Le Chevalier

Ne vous a-t-elle jamais parlé de Monsieur son frère, La Jambe-de-bois, ce fameux ouvreur d'huîtres ?

La Marquise

Vous êtes un petit ridicule ; je me fâcherai, à la fin.

Le Chevalier

C'est encore un joli petit seigneur que Monsieur votre cousin [b] le valet de chambre, Madame la Marquise.

a. *ms.* : [Le Chevalier] me guimauvin

b. *ms.* : ... *le valet de chambre*, (*Avant ces mots, en marge, on déchiffre deux mots rayés, dont l'un* [[vinaigrier]] *et, en interligne, peut-être* [[cuisinier]])

la rue de la Fromagerie, tout près du Pilier des halles, lieu très commerçant de la capitale.

La Marquise

Oh ! finissez donc, je vous prie.

Le Chevalier

Ne vous chagrinez pas, elle est discrète.

Mme Guimauvin

Ce Chevalier-là est dangereux, croyez-moi, Madame ;
passez-lui sa jambe de Catalogne, et qu'il laisse en repos
votre famille. Il me paraît que vous avez ici tous deux
intérêt d'être bien ensemble.

La Marquise

Ce petit étourdi-là prend si mal les choses, et il est si
piquant...

Mme Guimauvin

Laissons cela ᵃ, parlons d'autre chose. Vous avez ici
vos vues l'un et l'autre : au lieu de vous détruire, ne

_____

a. _ms._ : _...il est si piquant_ [[et si vif sur la qualité]] (_rayé au crayon
rouge_)

[Le Chevalier

moy point du tout Je suis votre serviteur mais la rue de l'Université...

pourriez-vous point travailler ensemble à frais communs pour...

La Marquise

J'aurai peut-être une confidence à lui faire...

Le Chevalier

J'ai déjà nombre de choses à vous dire, et si nous étions en lieu de pouvoir...

Me guimauvin

bonbon faut il se fascher pour une bagatelle et l'insulte d'un tas de manants empesche t'elle que vous ne soiez un fort honneste homme.

La marquise

Cela devoit il m'attirer des invectives...

Me guimauvin

ah vrayment oui voilà bien de quoy esceque la bouquetiere et le cousin [[vinaigrier]] valet de chambre vous empeschent d'être femme de qualité vous.

Le chevalier

elle Je vous la garantis Marquise et plus Marquise que je ne suis chevalier moy qui vous parle

La Marquise

Il a mille bonnes qualitez Me guimauvin

Me guimauvin

vous voyez comme elle parle de vous Mr Le chevalier

Le chevalier

c'est une personne toute adorable que la marquise

Me guimauvin

ah Je suis ravie que vous vous rendiez tous les deux si bien justice] (*en marge au crayon rouge* :) *laissons cela parlons d'autre chose.*

Mme Guimauvin

Vous voilà bien embarrassé.

A la Marquise

Je vous ai fait garder votre appartement, allez y conduire Madame, Monsieur le Chevalier ; aussi bien, voici un de mes compères qui me veut parler ; car depuis le matin l'on m'a dit qu'il me cherche.

La Marquise

Nous aurons besoin de toi, Madame Guimauvin.

Mme Guimauvin

Ne vous inquiétez point, et allez m'attendre.

SCÈNE XII [a]

Mme GUIMAUVIN, BLAISE

Blaise

Ah, ah, ce Monsieur le Chevalier qui en sait si long, est itou de votre connoissance, ma commère l'apoticaresse ? Oh, morgué, vos meilleures pratiques ne sont pas celles qui avont affaire des drogues de la boutique, sur ma parole.

[b] Mme Guimauvin

Si l'on ne faisait ses petites affaires qu'avec les personnes qui ont vraiment besoin de prendre des eaux...

---

a. *ms.* : 11^e

b. *ms.* :   *... sur ma parole*

[M^e guimauvin

Jay de fort beaux secrets que feû mon mary M^r guimauvin

Blaise

oh palsanguenne de vivant du deffunt vous n'estiez pas si achalandée il y avoit bien de la difference.

M^e guimauvin

Il estoit quelquefois un peu capricieux un peû bisarre

Blaise

Je ne gagnerons pas de quoi boire de l'yau nous-mêmes.

Mme Guimauvin

Il faut bien se prêter un peu à l'humeur et au tempérament de certains malades ?

Blaise

Et aux nécessités de ceux qui se portont bian, n'est-ce pas ? Morgué [a], que les filles et les femmes qui venont de ce Paris avont d'esprit, et qu'alles sont futées.

Blaise

oui c'estoit un vilain un gaste mestier un contrediseux qui ne vouloit pas que n'an vint prendre des yaux quand on n'estoit pas malade tout de bon]

Mme GUIMAUVIN

Si l'on ne faisait...

a. *ms.* : ... *Morgué* [que vous entendez bian ça et notre menagere et moy Je nous apprenons itou afin que vous le sachiais

M^e guimauvin

on na besoin que d'esprit et de discretion pour...

Blaise

oh Je n'en manquons pas Dieu marcy J'avons morgué aidé depuis un an seulemt (*sic*) à attraper plus de vingt maris et presqu'autant de meres ah que] *que les filles et les...*

Mᵐᵉ Guimauvin

N'est-il pas vrai ?

Blaise

Acoutez, il m'est avis que celles de ce pays-ci com-
mençont à faire de même, alles se dégourdissont. Il y a
notre Madame la Baillive, par exemple.

Mᵐᵉ Guimauvin

Hé bien, Madame la Baillive ?

Blaise

Alle loge depuis queuque temps cheux elle, de certains ᵃ drôles de malades qui avont plus de santé que
Monsieur le Bailly, sur ma parole ; il ne leur faut morgué point d'yaux à ceux-là, et la femme le sait bian,
dà : mais stanpandant ils ne laissont pas d'en boire pour
attraper l'homme.

Mᵐᵉ Guimauvin ᵇ

Madame la Baillive n'est pas sotte.

---

a. *Gui.* : çartains

b. *ms.* : *Madame la baillive n'est pas* [[beste]] *folle* (*et au crayon rouge
sous ce dernier mot* :) *sotte.*

Blaise

Hé voirement non, c'est le Bailli qui l'est [15], je savons
bian ça. Vela encore la fille de Monsieur Grognet [a] qui
n'est qu'une morveuse, celle-là.

Mme Guimauvin

Babet Grognet, la fille du médecin ?

Blaise

Oui, c'est pour elle que je vous charche : mais
motus, au moins.

Mme Guimauvin

Non, non, ne crains rien. De quoi s'agit-il ?

Blaise

[b] Morgué, il y a du dégourdissement dans son affaire ;
si alle n'étoit pas d'ici encore, n'an la meneroit aux

---

a. *ms.* : ... *de M^r grognet* [le medecin] *qui n'est qu'une morveuse,*

b. *ms.* : ... *morgué* [Je ne le sçai pas bian mais Je m'en doute Notre
femme est sa nourrice à Babet grognet comme vous scavez

M^e guimauvin

he bien

15. Sot : Jeu de mots. *Sot* « signifie aussi un cocu, un cornard, le mari
d'une femme dissolue ou infidèle. » (F.) Rappelons que le bailli, juge local, est
un notable de village.

yaux : mais comme alle est des yaux, ça est chagrinant,
où diable la menerons-je

Mme Guimauvin

Tu es un fou, tu ne sais ce que tu dis.

Blaise

La velà elle-même. J'ons tous deux de l'esprit ;
voulez-vous que j'y tirions les vars du nez ?

Blaise

he bian depuis trois ou quatre jours alles sont toujours par ensemble a
chuchoter ly en a une qui pleure l'autre qui grogne alles disont parfois toutes les deux et mon guieu Comment feron je tenez voulez vous que je vous
dise la nourrice est bian faschée il faut que la nourrissone ait fait queuque
sottise

M^e guimauvin

une fille si bian élévée

Blaise

morgué   [[dedg]]   *dans son affaire*
[ça ny fait rian] *il y a du degourdissement* [là dedans je gage] *Si elle
n'étoit pas d'icy...*

SCÈNE XIII [a]

Mme GUIMAUVIN, BABET, BLAISE

Babet

Ah ! que je te rencontre à propos, ma chère Madame
Guimauvin : je suis accablée de chagrins.

Mme Guimauvin

[b] Accablée de chagrins, vous ? à moins que ce ne soit
l'amour qui vous les donne, je ne vois pas...

---

a. *ms.* : 12^e

b. *ms.:*   *...accablée de chagrins.*

M^e guimauvin

Puis je vous estre utile a quelque chose auriez vous quelque confidence a
me faire

Babet

ah ciel que Je suis malheureuse

Blaise

palsangué bon alle s'enfarre d'elle mesme

M^e guimauvin

mais qu'avez vous Jeune et belle comme vous estes fille d'un pere riche et
qui ne songe qu'a votre etablissement Vous n'estes endroit de vous plaindre
ny de la Nature ny de la fortune

Babet

Ah ! ma chère Madame Guimauvin !

Blaise

Ah morguenne, oui, c'est le mal d'amour qui la
tiant, sur ma parole.

Mme Guimauvin

Ne craignez point de vous expliquer ^a, il n'y a rien
que nous ne fassions pour vous rendre service.

Blaise

Je vous bouterois pargué dans ma chemise, moi, pour
vous faire plaisir.

Mme Guimauvin

Parlez. Quel est le sujet de vos chagrins ? et que
peut-on faire pour y remédier ?

Babet

Les faveurs de l'une et de l'autre ne servent qu'a me faire sentir plus
vivement les chagrins dont je suis accablée]

Mme GUIMAUVIN

Accablée de chagrins...

a. *ms. : ...de vous expliquer* [Blaise est votre nourricier Je suis de vos
amies] *Il ny a rien...*

Babet

Mon père veut me marier, Madame Guimauvin.

Mme Guimauvin

Il veut vous marier, et cela vous afflige ?

Babet

ᵃ Si vous saviez le mari qu'il me destine, et les engagements où je suis...

Mme Guimauvin

Il veut vous donner un magot, et vous aimez quelque
joli homme peut-être ?

Babet

Tu connais ce vieux Baron de Saint-Aubin, qui est à
Bourbon depuis trois semaines ᵇ, et vous vous souvenez

---

a. *ms.* :   *...et cela vous afflige ?*

Blaise

mais ça n'est point si affligeant [allez allez vous n'en mourrez pas ne vous
boutez pas en peine]

BABET

Si vous saviez...

b. *ms.* :   *.....depuis trois semaines*

M^e guimauvin

ce n'est pas votre choix que celuy la

tous deux de ce petit homme [16] qui a été le tout le printemps ici à prendre les eaux ?

Mme Guimauvin

Qui, Valère ? ce jeune officier de dragons ?

Blaise

Si je nous en souvenons ? Il logeoit cheux nous et
Monsieur de la Roche, son valet de chambre, étoit
l'amoureux de la commère.

Mme Guimauvin

C'est ce petit homme-là qui vous tient au cœur apparemment ? et je vous en ai vue vivement éprise, si je
ne me trompe.

Blaise

oh non c est sti de M^r grognet je gage

Babet

et vous vous souvenez tous deux.....

---

16. Ce petit homme : Cette expression, répétée trois répliques plus loin,
est une allusion probable à la taille de Dancourt, qui jouait le rôle de Valère.
Voir Introduction, p. LII et LIII.

Babet

Il y a plus que tout cela, Madame Guimauvin, je suis
sa femme.

Blaise

Comment sa femme ? ce ne sont morgué pas là des
jeux d'enfants au moins.

Mme Guimauvin

Et La Roche ne m'a jamais parlé de cela, est-il possible ?

Blaise

Mais pargué[a] votre père a tort de vous vouloir
marier, ly, puisque vous vous mariez si bian toute seule.

Babet

Juge de l'embarras où je suis, Madame Guimauvin.

---

a. *ms.* : *mais* palsangué *votre pére*

Mme Guimauvin

ᵃ Si Valère était ici encore...

Babet

Il y devrait être, il y a quinze jours que je n'ai reçu de ses nouvelles.

Mme Guimauvin

Quinze jours ! être si longtemps sans vous écrire !

Babet

Je ne sais à quoi l'imputer.

---

a. *ms.* :   .....*où je suis Mme Guimauvin.*

M^e guimauvin

Il ny a pour vous en tirer qu'a declarer franchement la chose

Babet

gardons-nous en bien mon pere est un homme...

Blaise

a moins qu'an ne ly dore bian la pillule il aura morgué de la peine à l'avaler tout medecin qu'il est]

Mme GUIMAUVIN

Si Valère était ici.....

Blaise

A quoi ? A ce que vous êtes sa femme ; si vous n'étiais que sa maîtresse...

SCÈNE XIV[a]

LA ROCHE *botté*, BLAISE, BABET, Mme GUIMAUVIN

La Roche *botté*

Ohé, ohé, ohé ! Ah la maudite voiture que la poste [17], cela n'est bon que pour les lettres, ouf !

Blaise

Oh palsangué, vela des nouvelles, c'est Monsieur de La Roche en personne.

a. *ms.* : 13[e]

---

17. Chaise de poste : Voiture commode, légère, difficile à renverser dans laquelle on peut faire en diligence de très longs voyages. Montée sur deux roues seulement, elle était tirée par deux chevaux, gouvernés par un postillon. En 1696, elle ne pouvait contenir qu'une seule personne (d'après l'*Encyclopédie*.)

La Roche

Votre serviteur, Monsieur Blaise.

Babet

C'est toi, La Roche. Hé bien, mon enfant, où est ton maître ? Vient-il ? Est-il arrivé ? Quand le verrai-je ? N'as-tu rien à me dire ?

La Roche

[a] Sa chaise de poste vient de rompre à demi-lieue

---

a. *ms* :   *..... n'as-tu rien à me dire ?*

LaRoche

mon maistre Me m'envoie exprèz... he voila mon adorable me guimauvin

M[e] guimauvin

Bonjour la Roche

La Roche voulant l'embrasser

he que j'ay de joye

Babet le retenant

Mais repons moy donc

La Roche

tout a l'heure M[e]... est-il possible...

Blaise

vous logerez encore cheux nous Mr de la Roche

La Roche

oui mr Blaise

Blaise a babet

ca vous sera commode Je m'en vais advartir notre menagere

Scene 14ᵉ

Babet

ne me fais point languir davantage et dis moy

La Roche

ah Dame chacun a ses impatiences amoureuses Mᵉ et Les miennes sont

Mᵉ guimauvin

va je t'en tiendray compte parle a Mᵉ

La Roche

enfin me voila Je t'aime toujours et je me porte bien cest le principal
Maintenant Madᵉ Je vous diray que mon maistre peste jure tempeste enrage
et qu'il donne ce païs cy a tous les Diables

Babet

he quelles raisons peut il en avoir Se repent il dy estre venû de m'avoir
connûe

La Roche

Luy madᵉ non la peste m'étouffe au contraire cest par excez d'amour qu'il
est si fort en colere

Mᵉ guimauvin

en colere et contre qui donc

La Roche

Contre les ornieres du Païs ce sont des chemins de tous les Diables sa
chaise vient de rompre a demi-lieue D'icy il n'ose monter sur des chevaux
de poste a cause d'une petite blessure

Babet

Il a esté blessé

La Roche

fort legerement Mᵉ Il (*rature illisible* : y a ?) un petit tour de rhein qu'il
se donna l'autre jour en tombant comme il étoit yvre cela fait qu'il vous
verra quelques momens plus tard qu'il n'avoit cru] *il est au désespoir.....*

d'ici, Madame, il est au désespoir [a] ; il m'a dit de prendre les devants pour...

Babet

Tu veux me flatter, mon pauvre La Roche ; il n'a pas
tant d'empressement que tu me le dis.

La Roche

Il n'a pas tant d'empressement ! Je me donne au diable si sur la route nous n'avons pas [b] crevé trois chevaux, et près de deux postillons. La peste, en revenant
de l'armée, nous autres amoureux, nous sommes bien
plus pressés que quand nous y allons.

Babet

Il va trouver en arrivant des chagrins qu'il n'a pas
prévus.

La Roche

Comment, des chagrins ! qu'est-ce à dire ? Monsieur
le Médecin saurait-il quelque chose ? Le mariage n'a pas
eu l'indiscrétion de se déclarer de lui-même, peut-être ?
et vous voilà encore d'assez belle taille, à ce qu'il me
semble.

---

a. *ms.* : ..... *au désespoir et il* [[*m'envoie devant*]] *m'a dit de prendre*.....
b. *ms., Gui., Fop., Flq.* : ..... *nous n'avons//crevé*...

Babet

ᵃ Voici mon père, éloigne-toi, va te débotter, et reviens ici parler à Madame Guimauvin, ou à moi, on a des choses de conséquence à te dire.

La Roche

ᵇ Je ne tarderai pas à vous rejoindre.

---

a. *ms.* :   .....*à ce qu'il me semble.*

Mᵉ guimauvin

tu m'en as donc fait un mistere de ce mariage bon traistre

La Roche

J'apprehendois que l'exemple ne te mist en goust de m'en faire faire autant et Je suis encore trop jeune mon enfant]

BABET

Voici mon père...

b. *ms.* :   .....*de conséquence à te dire.*

La Roche

Blaise
Vous logerez encore chez nous allons venez
Je ne tarderay pas a vous rejoindre
(*La réplique de Blaise est ainsi disposée, un peu en marge, au milieu de celle de La Roche.*)

SCÈNE XV [a]

M. GROGNET, BABET, Mme GUIMAUVIN

M. Grognet

Avec qui étiez-vous donc là, Mademoiselle ma fille ?
Vous avez toujours quelque affaire que je ne sais pas,
voilà qui est étrange.

Babet

Je suis avec Mme Guimauvin, mon père.

M. Grognet

[b] Avec Mme Guimauvin, et avec un maître fripon, que
je connais pour le valet de chambre de ce petit officier

---

a. *ms.* : Scene 15[e] (*Le rattrapage est fait*)

b. *ms.* :   *.....avec Madame Guimauvin mon père.*

M[r] grognet

avec M[e] guimauvin

M[e] guimauvin

M[r] je suis votre tres humble servante

qui vous muguetait ce printemps, et que je vous ai
défendu de voir.

Babet

Mon père...

Mme Guimauvin

Il en a quelque air, Monsieur, cela est vrai, vous avez
raison : mais il me semble pourtant que ce n'est pas

———————

M^r grognet

votre valet M^e et ce drole qui a decampé dês qu'il m'a vû qui est il cet
homme la S'il vous plaist

Babet

Je ne scais mon pere

grognet

vous ne scavez

M^e guimauvin

c est une espece de valet de chambre qui cherche un appartement pr un
malade et comme selon toutes les apparences il aura aussi besoin d'un medecin Je luy disois que vous estiez le plus habile homme.

grognet

en vous remerciant M^e guimauvin Je n'ay que faire de vos pratiques.
Vous ne le connoissez donc pas vs à ce compte

Babet

non mon pere Je vous assure]

M. GROGNET

Avec Mme Guimauvin et avec un maître fripon que [oh bien je vous
avertis que je le connois moy et que] *Je* [le] *reconnois pour le valet de
chambre.....*

lui ; l'autre a le nez plus grand et la ᵃ barbe plus longue.

M. Grognet

La barbe plus longue ! Oh bien ᵇ, pour éviter les querelles que nous pourrions avoir là-dessus, je vous marie
dès demain, je vous en avertis.

Babet

Dès demain, mon père !

M. Grognet

Et de grand matin, même. Monsieur le Baron va
vous donner le bal ; une vingtaine de mes malades, avec
qui nous ferons medianox [18], signeront le contrat que je

---

a. ms. : ... *le nez plus grand et* [un peu plus de] (*en marge :*)/la/*barbe plus
longue.*

b. ms. : *La barbe plus longue : Oh bien.*

Babet

vous n'avez pas pû remarquer cette difference de loin mon pere et c'est ce
qui fait

grognet

Je vois plus clair que vous ne pensez Mˡˡᵉ Babet Je vois plus clair que
vous ne pensez] *et pour éviter.....*

---

18. Voir p. 245, n. 8.

vais faire dresser, et vous serez mariée en sortant de table, en sortant de table.

Babet

Quelle extrémité !

Mme Guimauvin

Il n'y a rien de mieux concerté[a]. Que Monsieur votre père prend bien ses mesures !

M. Grognet

Ce Monsieur le Baron de Saint-Aubin est un homme riche, sans enfants, qui lui assure la moitié de son bien, et qui n'a pas deux mois à vivre.

Mme Guimauvin

Quelle trouvaille ! Une demi-douzaine de maris comme cela, seulement, voilà une fortune faite au bout de l'année.

M. Grognet

N'est-il pas vrai ?

concerté
a. *ms.* : .....*de mieux* [[regle]] *que M^r votre pere...* (concerté *est ajouté en interligne, au crayon rouge*).

Mme Guimauvin

Assurément.

Babet

Je suis contente de la mienne, je n'en veux point d'autre, et je me donnerai plutôt la mort que de consentir à ce mariage.

M. Grognet

Comment, insolente ?

Mme Guimauvin

Ne vous emportez pas, Monsieur, et ª laissez-moi lui parler en particulier, je la réduirai, je vous en réponds.

M. Grognet

Oui, tu as de l'esprit, tâche de lui faire entendre raison, je te prie.

---

a. *ms.* : ... *et* [me] *laissez moi*.....

SCÈNE XVII

Mme GUIMAUVIN, BABET, LA ROCHE

La Roche

Me voilà débotté, Madame, et en disposition de recevoir vos ordres. Çà, de quoi s'agit-il ? Voyons.

Mme Guimauvin

Il s'agit de faire entendre raison à M. Grognet.

La Roche

Cela sera difficile : et à propos de quoi, s'il vous plaît ? fait-il le ridicule ? et trouve-t-il mauvais que nous ayons pris une alliance secrète dans sa famille ?

Babet

Il ne sait rien de cette alliance : mais il veut m'en faire prendre une autre.

La Roche

Quoi ! ce n'est que cela ? Voilà une belle bagatelle.

Babet

Tu traites cela de bagatelle ?

La Roche

Oui, Madame, la polygamie est un cas pendable [19], à la vérité : mais à cela près, elle a son mérite. Et moi, qui vous parle, moi, dans toutes nos villes de quartier d'hiver, je ne manque jamais de faire quelque alliance, c'est là ma folie.

Mme Guimauvin

Oh, cesse de plaisanter, La Roche ; on n'est point dans une situation assez tranquille pour...

La Roche

Je me donne au diable si je plaisante, cela est comme je vous le dis. Je suis un garçon fort réglé, moi, j'aime à tenir ménage partout où je me trouve.

---

19. Cf. Molière, *Monsieur de Pourceaugnac* (II, 11) :
> *La polygamie est un cas*
> *Est un cas pendable.*

Mme Guimauvin

Fort bien. Si le maître et le valet sont de même caractère, vous avez beau jeu, Madame.

La Roche

Oh, diablezeau [a] [20], c'est un petit poli que mon maître, un fidèle, un pasteur... Sans la fureur qu'il a pour le vin, le jeu, et les femmes, ce serait bien le garçon le mieux morigéné [b]...

Babet

[c] Je meurs de peur que mon père revienne, et qu'il ne le voie encore avec nous.

a. *Gui.* : diablezot
b. *Gui., Fop., Flq.* : moriginé
c. *ms.* : ..... *le mieux morigéné*

[Babet

Valere aime les femmes

La Roche

S'il les aime M^e il vous adore et vous allez voir beau jeu votre pere (*en interligne* : M^r grognet) n'a qu'a se bien tenir sur ma parole

Babet

que ton maistre n'ait point d'emportement Surtout point de violence

___

20. Diablezeau : Furetière donne *Diableteau*, avec le sens de petit Diable, équivalent de Diablotin, et une citation de Rabelais. C'est évidemment un juron atténué.

Mme Guimauvin

Voilà un beau ménagement. Ne faudra-t-il pas bien qu'il sache vos affaires ?

Babet

Qu'il les sache du moins le plus tard possible. Allons chez toi, Madame Guimauvin.

Mme Guimauvin

Très volontiers. Allons ; aussi bien y a-t-il des gens qui m'y attendent.

Babet

Demeure ici, La Roche, pour attendre ton maître ; et sitôt qu'il sera venu, dis-lui qu'il nous vienne trouver, je te prie.

La Roche

Je n'aurai pas la peine de lui dire deux fois, je vous assure.

──────────

La Roche

qu'il n'ait point de violence Me point d ah pour cela non il coupera seulement les oreilles du medecin Je couperay celle de la mule moy laissez nous
faire]

BABET

Je meurs de peur.....

SCÈNE XVIII

La Roche *seul* [a]

Voici pourtant une affaire assez délicate ; et si Monsieur mon maître par aventure était las de son mariage, comme ce n'est qu'un mariage à la dragonne, nous pourrions bien [b]...

SCÈNE XIX

LE BARON, LA ROCHE

Le Baron

J'ai promis à Monsieur Grognet [c]... N'est-ce pas là ce pendard de La Roche ?

---

a. *ms.* : (*seul* n'existe pas dans le manuscrit.)

b. *ms.* : *..... nous pourrions bien* [laisser aller le train des choses et ne point chagriner M[r] Le medecin. Mais non le regiment vient icy en quartier d'hiver nous n'avons point d'argent pour aller a Paris notre bonhomme de pere est brouillé avec nous La fille du medecin est jolie Voila un mariage tout fait il faudrait des soins et de la depense pour en faire un autre nous sommes gueux et paresseux celuy cy nous durera jusques a la Campagne prochaine... (*Fin de la scène*)

c. *ms.* : *..... à Monsieur Grognet* [de l'aller trouver chez son notaire pour terminer] *... N'est-ce pas là...*

La Roche

Voilà Monsieur le Baron [a], je pense ?

Le Baron

C'est le valet de chambre de mon coquin de fils, c'est lui-même.

La Roche

Qu'est-ce que le bonhomme vient faire ici ? Lui aurait-on donné quelque avis de notre mariage ?

Le Baron

Hé, La Roche, La Roche !

La Roche

Comment, c'est vous, Monsieur ? Quelle surprise ! A Bourbon, vous ! qui diantre vous y amène ?

---

a. *ms.* : *Voilà Monsieur* de Saint-Aubin, *je pense.*

Le Baron

Tu ne t'attendais pas de m'y voir, n'est-ce pas ? Mais
j'y suis venu pour vivre longtemps, et pour vous faire
enrager tous tant que vous êtes, à force de santé.

La Roche

Nous faire enrager à force de santé ? Hélas, Monsieur, vous n'en sauriez tant avoir qu'on vous en souhaite ; et vous en crèveriez [21] que nous en serions ravis,
je vous assure.

Le Baron

Tu es un bon maraud. Et qui te fais venir ici toi ? [a]
Que fait ton maître à présent ? Où est-il, dis ?

a. *ms.. :* .....*et qui te fait venir ici toi ?* [ton maistre y a til quelqu'intrigue et t'envoie til

La Roche

Luy des intrigues vous le connoissez bien parce qu'il est votre fils vous
vous imaginez qu'il vous ressemble mais...

St Aubin

qu'il me ressemble coquin

La Roche

allez M[r] ce garçon est bien revenû de la bagatelle

---

21. Créveriez de santé : Jeu de mots. Furetière donne pour *Crever* les
deux sens : « être trop plein, regorger... Cet homme crève de graisse » et
« mourir et surtout de mort violente ».

La Roche

A présent, Monsieur, il est dans sa chaise de poste.

Le Baron

Voilà une plaisante réponse, dans sa chaise de poste.

St Aubin

[[luy]] revenu

La Roche

oui oui vos goutes et vos fluxions vos Rhumatismes vos... que Diable sçais-je moy votre exemple l'a bien corrigé Je vous assure

St Aubin

mon exemple qu'esce à dire mon exemple

LaRoche

foû *(en interligne)*
depuis qu'il vous a vû si [[fort amoureux]] de cette marquise de fourban-ville qui étoit si folle de ce grand page il a pris pour toutes les femmes une aversion qui n'est pas concevable...

St Aubin

de l'aversion pour toutes les femmes Jay pourtant oui [[murm]] avant mon depart de Paris murmurer quelque chose d'un mariage secret Je voudrois bien pr la rareté du fait que cela fut vray et qu il eut epouse quelque gueuse [[jen]] que j'en serois Ravi [[pour avoir le plaisir de le desheriter]]

La Roche

les bonnes entrailles de pere *(ajouté en interligne* : que voila) le beau naturel

St Aubin

Que fait ton maître à présent [[et que fait-il a present ce coquin]] *où est-il dis ?*

La Roche

Oui, Monsieur ; et si vous en voulez savoir davantage, sa chaise de poste est dans une ornière : mais j'espère qu'elle en sortira, et qu'ils arriveront bientôt ici tous deux de compagnie.

Le Baron

Il vient à Bourbon ?

La Roche

Oui, Monsieur.

Le Baron

Le fâcheux contretemps ! [a] Écoute, va dire à ton maître que je suis ici, que je ne l'y veux point voir, entends-tu ?

La Roche

Cela ne l'empêchera pas d'y venir, Monsieur. Au contraire, il n'a point d'argent, et nous vous trouvons le plus à propos du monde.

_____

a. *ms.* : *Le fâcheux contretemps.* [M^r grognet croit que je nay point d'enfans. Le mariage ne se fait que sur ce pied la...] *Ecoute, va dire...*

Le Baron

Oui, oui, je lui en donnerai, il n'a qu'à s'y attendre. Écoute, s'il s'avise de se renommer de moi, ni de dire à personne que je suis son père...

La Roche

Il ne manquera pas sitôt qu'il sera arrivé, Monsieur...

Le Baron

Je ne le veux point voir, te dis-je.

La Roche

Vous le verrez, je vous l'amènerai [a] moi-même.

Le Baron

Je le déshériterai si je le vois, et je te ferai donner cent coups d'étrivières à toi si tu me l'amènes.

La Roche

Adieu, donc, Monsieur, sur ce pied-là je me tiens dispensé de la visite.

---

a. *ms*. : le meneray ; *Gui.*, *Fop.* : le menerai

SCÈNE XX

La Roche *seul*

Ouais, que veut dire ceci ? Je n'y comprends [a] rien.
Comme on nous traite !

SCÈNE XXI [b]

BLAISE, VALÈRE, LA ROCHE

Blaise

Tenez, Monsieur, alle étoit ici tout à l'heure, et vela
encore Monsieur de La Roche qui vous dira...

Valère

Que viens-je d'apprendre en arrivant, mon pauvre La
Roche ?

---

a. *ms.* : (*Entre* comprends *et* rien *une rature*)
b. *ms.* : Scene 20e

La Roche

Vous ne savez que la moitié des nouvelles, Monsieur. On veut marier votre femme, cela n'est rien ; votre père est ici, c'est le diable.

Valère

Mon père est ici ! l'as-tu vu ?

La Roche

Oui, vraiment, et nous nous sommes parlé même.

Valère

Que t'a-t-il dit ?

La Roche

Que vous êtes un coquin, que je suis un pendard, qu'il vous déshériterait, et qu'il me ferait donner les étrivières.

Valère

Il est donc instruit apparemment ?

La Roche

Non, Monsieur, c'est par abondance de cœur ce qu'il en dit, un petit fond d'estime et d'amitié qu'il nous conserve.

Valère

Que je suis malheureux ! Et la charmante Babet, l'as-tu vue ? T'a-t-elle expliqué le dessein de son père ? Sais-tu...

La Roche

Il veut la marier, c'est tout ce que j'en sais, elle est au désespoir.

Blaise

Je le crois bian [a]. Alle pardroit au change, vous valez mieux au bout de votre petit doigt, que sti que n'an ly veut bailler ne vaut en tout son corps. Vous le varrez tantôt, il loge itou cheux nous, c'est Monsieur le Baron de Saint-Aubin qu'on l'appelle.

———————

a. *ms.* : *Je crois bian* [[vous valez mieux]] *alle pardroit au change.*

Valère

Le baron de Saint-Aubin !

Blaise

Vous le connaissez peut-être ?

Valère

La Roche, mon pauvre La Roche !

La Roche

Oh, par ma foi, en voici bien d'une autre[a] ; je ne m'étonne plus qu'il soit si fâché de nous savoir ici, il ne veut pas que nous soyons de la noce.

Valère

Mon père se vouloir marier à son âge !

Blaise

Quoi, ce vieux Baron, c'est Monsieur votre père ?

---

a. *ms.* : *... en voici bien d'une autre (mot illisible de trois ou quatre lettres ici).*

Valère

Lui-même.

Blaise

Palsangué votre père est un vilain marle.

Valère

Quelles mesures prendre, mon pauvre La Roche ?

La Roche

Aucunes. Monsieur votre père ne saurait épouser votre femme premièrement.

Blaise

Oh parguenne non ; on ne baille point de dispense pour ça, il aura biau faire.

Valère

Mais pour empêcher son mariage, il faudra déclarer le mien.

La Roche

Sans doute ; et comme la grande affaire est de le déclarer bien à propos, j'en fais la mienne. Mademoiselle Babet vous attend chez Madame Guimauvin, qui est une femme de conseil et d'expédition : allez prendre langue avec elle [a], et me laissez ici attendre le bonhomme de pied ferme.

Valère

Je ne sais où demeure Madame Guimauvin.

Blaise

Je m'en vais vous y mener, c'est ma commère.

Scène XXII [b]

La Roche *seul*

Ah le vieux penard qui vient aux eaux de Bourbon pour épouser sa bru : il n'y aurait, ma foi, qu'à le laisser faire, nous verrions de belles choses.

---

a. *ms.* : ...*avec* elles...
b. *ms.* : Scene 21[e]

SCÈNE XXIII [a]

LA MARQUISE, LE CHEVALIER, LA ROCHE

La Marquise *au Chevalier*

Voilà qui est fait, cela se rencontre le mieux du monde.

Le Chevalier

Exécutons de bonne foi les conditions au moins ; à moi l'argent comptant, à vous la dupe et ses dépendances.

La Roche

Voici deux personnes de ma connaissance, quel marché font-ils ensemble ?

Le Chevalier

Hé, voilà l'homme dont nous parlions tantôt, Madame, le cousin valet de chambre. Serviteur, Monsieur de la Roche.

---

a. *ms.* : Scene 22[e]

La Roche

Ton valet, Lépine. Bonjour, ma cousine la Marquise.

La Marquise

Bonjour, Monsieur, bonjour... Ne vous avisez pas au moins de faire connaître ici que...

La Roche

Non, non, je suis bon prince, je sais vivre, ma cousine.

Le Chevalier

Prends garde aussi, je te prie...

La Roche

Ne te mets point en peine. Je n'ignore pas aussi le respect que je te dois devant le monde, pourvu que tu le payes.

Le Chevalier

Je suis en fonds, nous ferons bien les choses.

La Roche

Cela va [a] donc comme il faut ? Y a-t-il ici bien des dupes d'amour et de jeu cette année ?

La Marquise

Il ne s'en est jamais moins trouvé, je pense. Nous sommes tous deux obligés de nous [b] attacher à la même personne.

La Roche

Voilà un heureux mortel, il faut qu'il ait bien du mérite, ce gentilhomme-là, pour s'attirer ainsi une préférence si avantageuse. Hé ! qui est-il, par parenthèse ? Ne pourrais-je point aussi de mon côté... Quand nous serions trois à travailler sur le même sujet, les choses n'en iraient pas plus mal, à ce qu'il me semble.

Le Chevalier

C'est un certain vieux Baron de Saint-Aubin.

---

a. *ms.* : *Cela* vend (*ou*) rend *donc*... (*peu lisible*) ; *Gui.*, *Fop.* : *Cela* rend *donc*..

b. *ms.* : ... *obligés de nous* [[obli]] *attacher*.....

La Roche

Monsieur de Saint-Aubin ! vous en revenez là : vous avez donc rompu avec le grand page ?

La Marquise

Je ne feignais d'aimer celui-là que pour animer la passion de l'autre, et pour le déterminer au mariage.

La Roche

Votre dessein a réussi, il va se marier : mais à la vérité ce n'est pas vous que cela regarde.

La Marquise

Il va se marier ?

Le Chevalier

A la fille du médecin, je gage ? Ne vous disais-je pas bien que j'en soupçonnais quelque chose ?

SCÈNE XXIV [a]

BLAISE, LA MARQUISE, LA ROCHE, LE CHEVALIER

Blaise

Hé, vite, hé tôt, dépêchez-vous, on a affaire de vous chez la commère Guimauvin, Monsieur de la Roche...

La Marquise

Chez Madame Guimauvin ? quelles liaisons...

La Roche

C'est un petit conseil que nous allons tenir contre le mariage de Monsieur de Saint-Aubin, apparemment : vous y pouvez venir si vous voulez, vous ne serez point suspecte.

La Marquise

Je prends trop d'intérêt à la chose pour ne pas être du conseil. Allons.

---

a. *ms.* : Scene 23e

SCÈNE XXV [a]

BLAISE, LE CHEVALIER

Le Chevalier

Voici Monsieur Grognet et le Baron.

Blaise

Ils ne s'attendont pas à la pièce que n'an leur va faire.

SCÈNE XXVI [b]

M. GROGNET, LE BARON, LE CHEVALIER, BLAISE

M. Grognet

Oui, ma fille signera tantôt ; je vous en réponds, on s'est chargé de lui faire entendre raison là-dessus.

----

a. *ms*. : Scene 24ᵉ
b. *ms*. : Scene 25ᵉ

Le Baron

[a] Ah ! vous voilà, Monsieur le Chevalier !

Le Chevalier

Vous voulez bien, Messieurs, qu'on vous félicite l'un et l'autre de l'heureuse alliance que vous contractez.

Le Baron

Comment donc, nous ne venons que de signer le contrat, et vous savez déjà la chose ?

Blaise

Si n'an la sait ? Tous les petits enfants du pays se préparont à faire charivari à votre noce. Queu tintamarre.

---

a. *ms.* : ..... *raison là-dessus.*

[St Aubin

n'allez pas m'exposer en pleine assemblée a l'affront...

grognet

tout ira comme vous le souhaitez

Blaise

oh pour stila Je gage que non Ils seront morgué les sots de l'aventure

St Aubin

Ah vous voilà Monsieur le Chevalier !

Scène XXVII

LE BARON, M. GROGNET, LE CHEVALIER, BLAISE, LA PRÉSIDENTE

La Présidente

Ah, les petits dissimulés, qui viennent ensemble de signer au contrat de mariage, et qui ne m'en avaient rien dit.

M. Grognet

Le secret est éventé, mon gendre, mais il n'importe.

La Présidente

ᵃ Vous êtes bien content de vous, Monsieur le Baron ?

Le Baron

Je ne me sens pas d'aise, Madame, et le ravissement où je suis me fait presque oublier que je suis malade.

---

a. *ms.* : *Cette réplique est ajoutée en marge. Dans le texte*, La Presidente *est rayée et remplacée* pat St Aubin *qui introduit la réplique* Je ne me sens pas d'aise, *etc.*)

Le Chevalier

Il faudra pourtant vous ménager, et dans un avène-
ment...

Le Baron

Oui, vous avez raison, je ne me porte pas bien. Si
nous faisions commencer notre mascarade de bonne
heure, j'ai un petit somme à faire avant le médianox [a].

Blaise

Hé pargué ; vous n'avez qu'à dire, je m'en vas charcher vos violonneux, et avartir tout le monde : ne vous
boutez pas en peine.

SCÈNE XXVIII

LA PRÉSIDENTE, LE BARON, LE CHEVALIER, M. GROGNET

La Présidente

Ne seriez-vous pas d'avis que nous nous masquassions
aussi [b] pour nous divertir ?

---

a. *ms.* : *Gui.*, *Fop.* : médianoche
b. *ms.* : *Gui.*, *Fop.*, *Flq.* : *... que nous nous masquassions* nous *aussi.....*

Le Baron

Oui-dà, cela n'est pas mal imaginé. Qu'en dites-vous, Monsieur le Chevalier ?

Le Baron

Moi ? Je ferai tout ce qu'on voudra : je suis la complaisance même.

M. Grognet

Et comment nous masquer ?

Le Baron

Comment ? Vous en Cupidon, par exemple, Monsieur le Chevalier en chauve-souris, Madame la Présidente en satyre, et moi en bergère.

Le Chevalier

J'ai des habits pour Madame et pour moi, laissez-nous faire. Allons, Madame.

SCÈNE XXIX

Mme GUIMAUVIN, BABET, M. GROGNET, LA ROCHE

Mme Guimauvin

Vivat [22], Monsieur, j'ai persuadé ; mon éloquence est triomphante. Voilà Mademoiselle votre fille qui vient de signer le contrat, je l'ai menée moi-même chez le notaire.

Babet

Oui, je me soumets à vos volontés, mon père, et je n'ai qu'à vous remercier du choix que vous avez bien voulu faire.

M. Grognet

Je vous l'avais bien dit, Monsieur le Baron, qu'elle serait raisonnable.

---

22. Vivat : Reste de latin appris de son apothicaire de mari ? On songe évidemment au ballet final du *Malade imaginaire*.

Le Baron

Je suis le plus heureux mortel [a]...

SCÈNE XXX

LE BARON, M. GROGNET, LA PRÉSIDENTE, BLAISE

Blaise

Tatigué, que j'allons nous divartir, vela toute l'infir-
merie de Bourbon que je vous amenons : des poumoni-

---

a. *ms.* : (*A la place de Scène XXX, on a* :)

SCÈNE 29e

La Marquise

Je ne pouvois arriver à Bourbon plus à propos pour estre temoin de votre
mariage Mr le Baron et Je suis Ravie...

St Aubin

votre valet Me

grognet

qui est cette personne la Mr le Baron

St Aubin

c'est une marquise que J ay un peû aimée elle a fait la fiere elle en est la
dupe.]

Scène XXX

ques qui jouont de la flûte, des enrhumés qui chantont, et des boiteux qui faisont la capriole.

Le Baron

C'est la manie du siècle, chacun veut faire ce qui ne lui convient point.

Blaise

Morgué, c'est vrai. Vous qui épousez une jeune parsonne, par exemple... Mais n'an vous corrigera : vous n'y êtes pas encore.

Le Baron

Que veut donc dire ce faquin-là ?

Blaise

Hé morgué, ne vous fâchez pas, vela de la joye.

Scène Dernière

LE BARON, M. GROGNET, LA ROCHE, LA PRÉSIDENTE, VALÈRE, Mme GUIMAUVIN, BLAISE, BABET

MARCHE DE LA MASCARADE

[a] Tous les acteurs et les actrices de la mascarade chantent en se plaçant :

Buvons tous rasade de ces eaux,
On dit que c'est un remède à tous maux.

Le Baron

Voilà une petite drôlerie assez bizarre, et cela n'est pas mal troussé pour la province.

---

a. *ms.* : (*A la fin de la scène XXX, on lit :*)
Marche de la mascarade. (*La didascalie et les deux vers qui suivent n'existent pas dans le ms.*)

Scene 31^e

La Roche *déguisé* [a]

Oh, diable ! fines gens s'en sont mêlés aussi ; et voilà Monsieur votre fils qui a bien voulu lui-même se donner la peine...

M. Grognet

Comment, son fils ?

Le Baron

Ah, pendard que tu es ! Ne t'avais-je pas défendu...

La Roche

Oui, Monsieur, les visites sérieuses : mais comme tout le monde est bienvenu au bal, nous avons pris l'occasion de vous venir rendre nos devoirs en masque.

Valère *ôtant son masque* [b]

Je ne puis assez vous témoigner, mon père, la joie que me donne le nouvel établissement que vous voulez faire en ce pays-ci, et je vous assure que bien loin de m'opposer...

---

a. *ms.* : *La Roche déguisé* en
b. *ms.* : *Valère* déguisé

Le Baron

Je n'ai que faire de votre compliment, ni de votre aveu, Monsieur mon fils, et...

La Roche

J'ai pourtant ouï dire que si, moi, Monsieur, et [a] je ne crois pas que sans notre permission...

Le Baron

Qu'est-ce à dire ? Je voudrais bien...

Mme Guimauvin

Ils vous la donneront, ne vous fâchez point. Tenez, Monsieur, ne serez-vous pas ravi d'avoir une belle-mère aussi aimable que cette charmante personne ?

Valère

Ma belle-mère, elle ? Tu rêves ! Madame Guimauvin, cela ne se peut pas, c'est ma femme.

---

a. *ms.* : *...dire que si moi Monsieur et* [que sans notre] *je ne crois pas...*

Le Baron et M. Grognet

Sa femme !

Blaise

Vous ne saviez pas stilà ; il y a plus de six mois que l'affaire est faite.

M. Grognet

Qu'est-ce que cela signifie ?

Mᵐᵉ Guimauvin

Ils n'étaient mariés que sous seing ᵃ privé [23], je pense : mais le contrat que vous venez de faire ratifie la chose.

a. *Gui., Fop., Flq.* : sein

---

23. « Se dit quand il n'y a que la signature de la personne intéressée » (F.) Bien qu'il ne soit pas passé par-devant notaire, un tel acte est valable, mais non pour un mariage, où il doit être ratifié et insinué par contrat notarié, ce qui est fait à la fin de la comédie. D'autre part, la présence d'un prêtre est fort douteuse, l'expression équivalant d'ailleurs à « sans curé ni tabellion ». Il est probable qu'en fait le mariage n'est pas valide dans le droit alors en vigueur, mais Valère a dû le faire croire à Babet, évoquant peut-être pour le spectateur le droit pré-tridentin et le type de mariage dit « par paroles de présent », qui avait subsisté parfois dans certaines régions. Quelques réflexions de La Roche (sc. XVIII), plus développées dans le manuscrit (voir p. 293, variante b) semblent abonder dans cette interprétation.

Le Baron

Comment donc, le contrat que nous venons de faire ?

La Roche

Oui, Monsieur, ils ont signé aussi, c'est une chose réglée.

M. Grognet

Mais c'est à Guillaume Évariste de Saint-Aubin que j'ai marié ma fille, moi.

La Roche

Hé bien, justement, voilà l'affaire, le père et le fils portent le même nom, et nous profitons de la ressemblance.

Le Baron

Oui..., mais je ne prétends pas, moi...

Blaise

Morgué, ly a du malentendu là-dedans : vous préten-diez signer comme mari, et ils prétendont que vous avez signé comme père.

Le Baron

Oh, je leur ferai bien voir...

Mme Guimauvin

Vous perdrez votre procès, Monsieur, ils ont six mois d'avance.

Le Baron

Ah ! je crève, j'enrage, et voilà de quoi déranger tout le bien que les eaux de Bourbon m'auraient pu faire.

Blaise

Jusqu'au revoir. Allez [a] vous coucher, Monsieur le Baron, vous avez un petit somme à faire.

---

a. .ms. : *Jusqu'au revoir. Allez* [[dormir M^r Le]] *vous coucher Monsieur le Baron, vous avez un petit somme à faire.*

Babet

ª C'est avec la dernière confusion, mon père...

M. Grognet

Les choses ont mieux tourné que tu ne mérites : va,
je te pardonne.

Valère

Et moi, Monsieur, puis-je espérer aussi ?

M. Grognet

Vous avez pris la place de votre père, faites pour lui
les honneurs de la mascarade et de la noce.

Mme Guimauvin

Il les fera mieux que personne.

---

a. *ms.* :   [La Marquise
Je vais la suivre et profiter s'il m'est possible de la colere ou il est contre
son fils

M^e guimauvin
BABET

c'est avec la dernière confusion.....

Blaise

Allons, Messieux des Yaux de Bourbon, vive la joie,
ce que n'an se baille de plaisir dans la vie fait morgué
plus de bian que toutes les yaux du monde [a].

DIVERTISSEMENT

Une des actrices du Divertissement s'avance au bord
du théâtre, avec trois flûtes [24], et chante l'air suivant :

> *On trouve dans cette fontaine*
> *La source de la santé.*
> *Et son eau guérit sans peine*
> *Le mal dont on est tourmenté ;*
> *Elle ramène*
> *La jeunesse et la beauté.*

Un Pantalon prend la place de l'actrice et chante :

> *Heureux malades de Bourbon,*
> *Chantez, dansez, bannissez la tristesse :*
> *Contre la maladie est-il rien de si bon*
> *Qu'une prise d'allégresse ?*

---

a. (*Après la dernière réplique de la pièce, on lit sur le manuscrit :*)

Divertissement

(*mais celui-ci n'y figure pas.*)

24. Voir note 4, p. 234.

ENTRÉE

d'une petite Pantalonne et de deux petits Apothicaires

Une actrice du Divertissement, avec une robe rouge de médecin, une bouteille à la main :

> *De par la Faculté je viens défendre l'eau ;*
> *Contre le mal qui vous possède*
> *Je vous apporte pour remède*
> *Un petit doigt de vin nouveau.*
> *L'eau n'est qu'une liqueur ingrate*
> *Qui, mène tout droit au tombeau ;*
> *Les meilleurs juleps d'Hippocrate*
> *Sont ceux qu'on prend dans le tonneau.*

ENTRÉE

d'un officier avec des béquilles,
d'un Malade dans une chaise, et d'un Cul-de-jatte

> *Médecins, fermez boutique*
> *Si l'on nous permet le vin ;*
>   *Ce jus divin*
> *Fait rire un mélancolique,*
> *Et danser un paralytique.*
> *Médecins, fermez, etc.*

I. ENTRÉE

d'un Flamand et d'une Flamande

Un Pantalon et un Polichinelle chantent :

Quel bien devez-vous attendre
De la rhubarbe et du séné ? [25]
On veut vous surprendre
Quand on fait prendre
Un tel récipé [26].

Un bon lavement
Est toujours un tourment
Qui nous fait pousser bien des cris,
Qu'il faut rendre quand on l'a pris.
Que le remède est précieux,
Qui plaît au goût ainsi qu'aux yeux !
De là, je conclus que le vin
Malgré Galien est le vrai médecin.

II. ENTRÉE

du Flamand et de la Flamande

---

25. L'alliance de ces deux plantes purgatives était déjà proverbiale à l'époque des *Eaux de Bourbon.*

26. Recipé : « terme de médecine. C'est une ordonnance qui contient le remède que doit prendre le malade. Il est ainsi nommé parce que toutes ces ordonnances commencent par ce mot que les Médecins abrègent et marquent par une R tranchée ainsi, R » (F.) *Recipe* signifie évidemment : prenez.

Le Pantalon chante :

> Tous les buveurs d'eau de Bourbon
> N'ont pas besoin d'apothicaire ;
> Ces eaux sont dans l'occasion
> Un prétexte fort salutaire.
> Tous les buveurs, etc.

> Un joueur Normand ou Gascon
> Y fait toujours bien son affaire.
> Tous les buveurs, etc.

> Près du beau sexe un vieux barbon
> N'y fait que de l'eau toute claire [27].
> Tous les buveurs, etc.

> Sans s'attirer mauvais renom
> Plus d'une fille y devient mère.
> Tous les buveurs, etc.

> Il s'y fait maint petit poupon,
> Qui bien souvent a plus d'un père.
> Tous les buveurs, etc. [28]

FIN

---

27. « On dit proverbialement ... Il n'y fera que de l'eau toute claire pour dire qu'il ne réussira pas en une telle affaire. » (F.)

28. Le Divertisement de la petite pièce « Les Eaux de Bourbon » avec musique notée, qui figure dans l'édition de Ribou de 1706, et ajoute ainsi 34 pages aux 68 du texte original, contient en supplément l'air :

Amants malheureux que l'amour condamne
            A souffrir chaque jour
Les rigueurs de vos inhumaines : A — nes (?)
Pour éteindre vos feux prenez soir et matin
                Un peu de vin
Contre l'amour et le chagrin
Ce doux remède est plus certain
Que toute l'eau de nos fontaines.

Dans la même édition l'air

            Quel bien devez-vous attendre
            De la rhubarbe et du séné ?

est présenté comme une parodie sur le trio d'*Isis* (tragédie en musique de
Lully et Quinault) (III §) :

            Quel bien devez-vous attendre
            Beautés qui chassez dans ces bois
                Que pouvez-vous prendre
                Qui vaille un cœur tendre
                Soumis à vos lois.
                Ce n'est qu'en aimant
            Qu'on trouve un sort charmant ;
            Aimez, enfin, à votre tour,
            Il faut que tout cède à l'amour :
            Il sait frapper d'un coup certain
            Le cerf léger qui fuit en vain
            Jusque dans les antres secrets
                Au fond des forêts
            Tout doit sentir ses traits.

GLOSSAIRE *

———

ACADÉMISTE : « Écolier qui apprend ses exercices chez un écuyer, à monter à cheval, à faire des armes, à danser, etc. » (F.)

ACCOMMODEMENT : « Accord, la fin que l'on donne à un procès, à un différend à l'amiable » (F.) ACCOMMODER : « Terminer un procès, une querelle à l'amiable. » (F.) Mais ces mots ont aussi leur sens général d'arrangement, de facilité diverse ou même de logement.

ADONNER (S') : « On dit quelquefois d'un chien qu'il s'est *adonné* dans une maison pour dire qu'il y est venu de lui-même, qu'il s'y est apprivoisé. On le dit aussi de ces hommes qui s'intriguent et se familiarisent dans la maison d'un Grand. » (F.)

AFFAIRES : « Se dit particulièrement des procès. (...) Se dit aussi des querelles, des combats, des brouilleries d'amitié. (...) Se dit aussi de ce qui donne beaucoup de peine, d'inquiétude. » (F.)

BAIL DE CŒUR : Sorte de mariage clandestin « sans curé ni tabellion » par simple consentement réciproque. Interdit par l'Église, bien entendu, mais rappelant les anciens mariages par « paroles de présent », disparu du droit français.

———

* Le *Dictionnaire* de Furetière peut être considéré comme absolument contemporain de ces trois comédies. C'est pourquoi nous y recourons le plus souvent. Si nous le citons parfois assez longuement, c'est qu'il nous a semblé que ses définitions et ses exemples donnaient un arrière-plan linguistique et réaliste intéressant au théâtre de notre auteur.

BAILLER : « Donner, mettre en main. En ce sens il est moins en usage que donner. » (F.)

BARGUIGNER : « Se dit figurément (...) des irrésolutions de l'esprit, quand un homme a du mal à se résoudre à donner quelque parole, à conclure une affaire. » (F.)

BASSETTE : « Jeu de cartes qui a été fort commun ces dernières années, et qu'on a été obligé de défendre, à cause qu'il était trop en vogue. » (F.) En effet, les édits contre la bassette et le lansquenet ont été nombreux. C'est à l'occasion de celui de 1687 que Dancourt écrivit *La Désolation des joueuses*. A la bassette, les joueurs misent sur une carte. Le banquier en tire deux à la fois. Si la première est semblable à celle des joueurs, il gagne ; si c'est la deuxième, il perd.

BELÎTRE : « Gros gueux qui mendie par fainéantise et qui pourrait bien gagner sa vie. Il se dit quelquefois par extension des coquins qui n'ont ni bien ni honneur. » (F.)

BERNER : « Faire sauter en l'air dans une couverture. Se dit aussi figurément pour Balloter, railler quelqu'un, le faire servir de jouet à une compagnie. » (F.)

BON HOMME : (en deux mots d'ordinaire à l'époque, avec ou sans trait d'union) « Se dit d'un vrai homme de bien, et aussi d'un vieillard qui ne peut faire le mal, d'un homme simple qui ne songe à aucune malice, qui n'entend point la finesse, qui croit de léger. Les soldats pillent le *bon homme*, c'est-à-dire le paysan. on appelle un vieillard un *bon homme*. » (F.)

BOURRÉE : « Espèce de danse composée de trois pas joints ensemble avec deux mouvements (...) Elle est composée d'un balancement et d'un coupé. » (F.)

BOUTER : « Vieux mot qui était autrefois en usage, mais qui ne se dit plus que par le bas peuple et les paysans et en Picardie, il signifie mettre. *Boutez*-vous là. *Boutez* votre chapeau. » (F.)

BRUTAL : « Celui qui a des appétits déréglés, qui vit en bête ou qui n'a pas plus d'esprit et de conduite qu'une bête. » (F.)

CADEAUX : « Se dit aussi des repas qu'on donne hors de chez soi, deçà et delà et particulièrement à la campagne. Les femmes coquettes ruinent leurs galants à force de leur faire faire des *cadeaux*. En ce sens il vieillit. » (F.)

CALOTTE : « Petite cale ou coiffe de cuir, de satin ou d'autre étoffe qui couvre le haut de la tête. » (F.) Mais, lorsqu'il parle de fauconnerie, Furetière n'emploie que le mot *chaperon*. *Calotte* est donc une impropriété, due au parler de Thibaut.

CANAILLE : « Terme collectif. Il se dit de gens qui n'ont ni naissance, ni bien, ni courage. » (F.)

CARESSE : « Démonstration d'amitié ou de bienveilance qu'on fait à quelqu'un par un accueil gracieux, par quelque cajolerie. » (F.)

CAROGNE : « Terme injurieux qui se dit entre les femmes de basse condition, pour se reprocher leur mauvaise vie, leurs ordures, leur puanteur. C'est la même chose que *charogne* quand on lui donne la prononciation picarde. » (F.)

CATIMINI (EN) : « Secrètement (...) d'une manière cachée, tout doucement, comme vont les chats pour attraper les souris. Il est bas. » (F.)

CHAGRIN : « Inquiétude, ennui, mélancolie. » (F.) CHAGRINER : « Donner du chagrin, de la fâcherie, de l'inquiétude. » (F.).

CHALAND : « Celui qui a coutume d'acheter à une boutique, chez un même marchand. » CHALANDISE : « Concours de personnes qui vont acheter dans une même boutique. » (F.)

CHANTER : « On dit figurément d'un homme à qui on veut faire faire quelque chose par force qu'on le fera bien *chanter*, qu'on l'obligera à payer, à faire ce qu'il doit. » (F.)

CHARIVARI : « Bruits que font des gens du peuple avec des poëles, des bassins et des chaudrons pour faire injure à quelqu'un. On fait le *charivari* en dérision des gens d'un âge fort inégal qui se marient. » (F.) C'est le titre d'une comédie de Dancourt (1697).

CHINFRENEAU (devenu dans le patois de Thibaut CHINFREGNIAU) : « Coup qu'on reçoit à la tête, soit en se heurtant par hasard contre quelque corps, soit en se battant contre un ennemi. Ce mot est populaire et vient apparemment de *chanfrein*, par corruption. » (F.)

CHOPINE : « Petite mesure de liqueurs qui contient la moitié d'une pinte. Le compliment que se font les petites gens, c'est de dire : Allons boire *chopine*, je veux payer *chopine*. » (F.)

COMMÈRE : « Femme ou fille qui ont tenu avec quelqu'un un enfant sur les fonts de baptême. » (F.) (Les parrain et marraine sont compère et commère entre eux, mais ils le sont aussi avec les parents de l'enfant).

COMMISSION : « Se dit aussi de toute charge ou emploi qu'on donne à des gens qu'on commet pour avoir le soin de quelque chose, comme en des bureaux pour des recettes, contrôles, paiements, recouvrements, visites ou autres affaires. » (F.)

COUPER LA GORGE à quelqu'un : « lui faire un préjudice notable, qui le ruine, qui le met en état de mourir de faim. » (F.)

COUTEAUX : « On dit aussi que des hommes sont aux épées et aux *couteaux* tirés ou à *couteaux* tirés pour dire qu'ils sont ennemis jurés, qu'ils sont prêts à se battre, à se nuire l'un à l'autre. » (F.)

CROQUIGNOLE : « Espèce de chiquenaude ou de nasarde. C'est un coup qui se donne sur le visage en lâchant avec violence un doigt qu'on a posé sur un autre. » (F.)

DEGRÉ : Escalier, montée. (Les trois mots semblent rigoureusement synonymes).

DÉBAUCHER : « Corrompre les bonnes habitudes de quelqu'un (...) Signifie aussi persuader à quelqu'un de changer de maître, de parti, de profession, l'écarter de son devoir. Signifie aussi faire faire à quelqu'un quelque chose qu'il n'a pas coutume de faire. J'ai débauché mon avocat, je l'ai mené à la comédie. » (F.)

DÉTALER : « Serrer la marchandise qu'on avait exposée en vente, fermer sa boutique. Signifie aussi, Quitter la place, s'enfuir avec quelque précipitation comme font les marchands quand la foire est finie. » (F.)

DÉVISAGER : « Blesser quelqu'un au visage. On le dit même des égratignures. Si vous reprochez à une vieille son âge, elle vous *dévisagera*. » (F.)

DILIGENCES : « Au pluriel, se dit en termes de Palais des poursuites nécessaires à faire dans les procès. » (F.) Le mot est employé ici par métaphore, dans un sens élargi.

DISCRÉTION : « Au jeu on appelle discrétion ce qu'on laisse à la volonté du perdant. C'est un moyen de faire un présent déguisé à une femme, de jouer contre elle une *discrétion*. » (F.)

DRAGONNE (A LA...) : « D'une façon hardie, leste, égrillarde » (Littré), et peut-être... peu sérieuse. Valère étant officier de dragons, La Roche joue sur les mots. Voir p. XLIX, 293 (var. b) et 321, n. 23.

DROGUE : « Terme général de marchandise, d'épiceries de toute sorte de nature et surtout des pays éloignés, lesquelles servent à la médecine, aux teintures et aux artisans, comme séné, casse, mastic (...) Les apothicaires doivent avoir dans leur boutique toute sorte de *drogues*. » (F.)

DRÔLERIE : « Plaisanterie, tour d'adresse. » DRÔLE : « Bon compagnon, homme de débauche prêt à tout faire, plaisant et gaillard. » (F.)

ENGAGEMENT : « Signifie figurément attache, liaison, obligation. » (F.) Ici, le sens est assurément : promesse de mariage.

ENVISAGER : « Regarder quelqu'un au visage (...) Dès qu'il eut *envisagé* cette femme, il en devint amoureux. » (F.)

ESCOGRIFFE : « Terme vieux et populaire, qui se dit par injure à des gens de grande taille, mal bâtis et de mauvaise mine. » (F.)

ÉTABLISSEMENT : « Signifie aussi fortune. Cet homme a un bon *établissement* à la cour, il y a une belle charge. Ce mariage avantageux lui a fait un bon *établissement*. » (F.)

ÉTRIVIÈRES : « Courroie de cuir par laquelle les étriers sont suspendus. Donner les *étrivières*, c'est châtier les valets de livrée, les fouetter avec ces *étrivières*. » (F.)

EXPÉDITION : « Signifie aussi Diligence à expédier, à terminer les affaires. Ce ministre est un homme d'*expédition*. » (F.)

FAÇONNIER : « Cérémonieux, grimacier. Les Précieuses se sont rendues ridicules pour avoir été trop *façonnières*. » (F.)

FAQUIN : « Crocheteur, homme de la lie du peuple, vil et méprisable. » (F.)

FICHU : Bien qu'employé par Molière, le mot ne se trouve pas dans Furetière. Il n'y est même pas fait référence à *Mouchoir de col*. En revanche, l'*Encyclopédie* le définit comme « une partie du vêtement des femmes en déshabillé. C'est un morceau carré ou oblong de mousseline (...) qui se plie en deux par les angles et dont on se couvre le cou. La pointe du *fichu* tombe sur le milieu du dos et couvre les épaules, ses cornes viennent se croiser par devant et couvrir la gorge. »

GIGUE : « Sorte de composition de musique qui est gaie et éveillée, quoiqu'elle soit de pleine mesure, aussi bien que les allemandes, qui sont plus sérieuses. » (F.)

GOUTTE : D'après Furetière, le mot s'emploie indifféremment au singulier ou au pluriel.

HARDES : « Les habits et meubles portatifs qui servent à vêtir ou à parer une personne ou sa chambre. » (F.)

HONNISSEUR : Furetière donne HONNIR : « Vieux mot qui signifiait autrefois déshonorer, mépriser » et il note qu'il n'est plus en usage que dans la devise de l'ordre de la Jarretière.

INCARTADE : « Insulte ou affront qu'on fait à quelqu'un en public et par bravade. Les gens de guerre se plaisent à faire *incartade* aux bourgeois. » (F.)

JULEP : « Potion douce et agréable qu'on donne aux malades, composée d'eaux distillées ou de légères décoctions qu'on cuit avec une once de sucre sur sept ou huit onces de liqueur ou de sucs clarifiés. » (F.)

LANSQUENET : « LANDSQUENET est ausi un jeu de cartes fort commun dans les académies de jeu et parmi les laquais. On y donne à chacun une carte sur laquelle on couche ce qu'on veut ; et si celui qui a la main en tirant les cartes amène la sienne, il perd ; s'il amène quelqu'une des autres, il gagne. » (F.)

LIQUEUR : « *Liqueur* se dit par excellence du vin, et particulièrement de ceux qui sont les plus doux et agréables (...) On appelle particulièrement vin de liqueur le malvoisie, le muscat, le vin d'Espagne, l'hypocras, le rossolis, etc. On dit aussi qu'un limonadier vend des liqueurs, en parlant de la limonade, orangeade », (etc.) (F.)

MAGOT : « Signifie aussi un gros singe (...) Se dit figurément des hommes laids comme sont les singes, des gens mal bâtis. On a marié cette fille à un vilain *magot*. » (F.)

MALINGRE : « Terme populaire, qui se dit des gens qui ne sont pas en bonne santé, ou qui sont convalescents, ou valétudinaires, et surtout de ceux qui sentent des incommodités sans en connaître la cause. » (F.) Et d'expliquer qu'en argot, « un *malingre* est celui qui pour demander l'aumône montre quelque maladresse ou difformité vraie ou apparente. »

MANIGANCES : « Terme populaire dont on se sert pour exprimer la cabale, l'intrigue que font les petites gens contre les bourgeois » (F .)

MARAUD : « Terme injurieux qui se dit des gueux, des coquins qui n'ont ni bien ni honneur, qui sont capables de faire toutes sortes de lâcheté. » (F.)

MAROUFLE : « Terme injurieux qu'on donne aux gens gros de corps et grossiers d'esprit. » (F.)

MASCARADE : « Troupe de personnes masquées qui vont danser et se divertir, surtout en la saison du Carnaval [...] Se dit aussi d'une personne mal mise ou malproprement ajustée, comme si elle voulait se déguiser, et aller en masque. » (F.) Tous les exemples donnés dans cet emploi sont au féminin : « Cette femme (...) est une vraie *mascarade*. »

MASQUE : « Est aussi un terme injurieux qu'on dit aux femmes du commun peuple, pour leur reprocher leur laideur ou leur vieillesse ... En ce sens, il est féminin. » (F.)

MÉCONNAÎTRE : « Ne connaître pas une personne (...) Se dit aussi d'un aveuglement volontaire qui vient d'orgueil ou d'ingratitude, et qui empêche qu'on ne veuille reconnaître ceux qui ont été autrefois vos égaux en fortune ou qui vous ont fait du bien ? » (F.)

MÉNAGEMENT : « Manière circonspecte de traiter ou d'agir avec des gens à qui on doit du respect, ou dont on a besoin. » (F.)

MÉRITE : « Assemblage de plusieurs vertus ou bonnes qualités en quelque personne, qui lui donne l'estime et la considération. » (F.)

MORIGÉNER : « Instruire aux bonnes mœurs. Ce précepteur a bien mal *morigéné* cet enfant. (...) Il y a du plaisir à vivre avec des gens bien *morigénés*. » (F.)

MUGUETER : « Faire le galant, le cajoleur, tâcher de se rendre agréable à une dame. Il y a longtemps que ce jeune homme *muguette* cette fille pour l'épouser. » (F.)

NICODÈME : « Nom propre devenu commun pour signifier dans le langage populaire un homme simple et borné, un niais. » (Littré). Il en donne deux origines : l'influence de *Nigaud* ou celle d'un mystère médiéval où Nicodème se montrait d'esprit assez lent.

OYSEL : Terme archaïque ; même pour la fauconnerie, Furetière ne parle que d'*oiseau*.

PARTI : « Signifie aussi une troupe de gens de guerre qu'on commande pour quelque expédition. Un *parti* de cavalerie a enlevé un grand nombre de bestiaux. Les gens qui vont en *parti* doivent avoir un ordre par écrit des commandants et être au moins au nombre de vingt fantassins ou de quinze cavaliers. Sinon ils sont réputés brigands. » (F.)

PASSE-PIEDS : « Espèce de danse qui est en usage en Bretagne. On la met au rang des branles. » (F.)

PENARD ou PENART : « Terme injurieux qu'on dit quelquefois aux hommes âgés. C'est un vieux *penard* qui crache sur les tisons, qui ne sait ce qu'il dit. » (F.)

PENAUD : « Qui est confus, honteux, étonné par quelque accident qui lui est arrivé et qui lui cause du désavantage. » (F.)

PENDARD ou PENDART : « Qui a commis des actions qui méritent la corde, la potence. » (F.)

PENSER : « Signifie aussi être prêt de faire quelque chose : Il a bien pensé mourir. » (F.), c.à d. : Il a bien failli mourir.

PETIT-MAÎTRE : Furetière dit simplement qu'on dit ironiquement « Mon petit Monsieur, mon petit Maître » (art. *Petit*). En revanche, l'*Encyclopédie* (art. *Maître*) cite d'abord le *Dictionnaire de Trévoux* : « On appelle Petits-Maîtres ceux qui se mettent au-dessus des autres, qui se mêlent de tout, qui décident de tout souverainement, qui se prétendent les arbitres du bon goût ». Puis elle précise : « On entend aujourd'hui par ce mot, qui commence à n'être plus du bel usage, les jeunes gens qui cherchent à se distinguer par les travers à la mode. Ceux du commencement de ce siècle affectaient le libertinage ; ceux qui les ont suivis ensuite, voulaient paraître des hommes à bonnes fortunes. » (etc.). Puis, à l'article *Petit-Maître*, elle reprend : « Nom qu'on a donné à la jeunesse ivre de l'amour de soi-même, avantageuse dans ses propos, affectée dans ses manières et recherchée dans son ajustement. Quelqu'un a défini le *petit-maître* un insecte léger qui brille dans sa parure éphémère, papillonne, et secoue ses ailes poudrées. » Et d'ajouter que ce nom leur serait venu de la cour de jeunes gens dont s'entourait le prince de Condé : « Comme il paraissait le maître de tous les autres, les jeunes seigneurs de sa cour furent appelés petits-maîtres. » On trouvera une étude brève, mais précise de cette notion dans Marivaux, *Théâtre complet*, éd. de F. Deloffre, Paris, Garnier, 1981, t. II, p. 145-149, et un examen pratiquement exhaustif dans son édition du *Petit-maître corrigé*, Genève, Lille, Droz, 1955, Introduction.

PIÈCE : « On dit aussi Jouer une *pièce* à quelqu'un, lui faire *pièce* pour dire lui faire quelque supercherie, quelque affront, lui causer quelque dommage ou raillerie. » (F.)

PIÈCE DE BOUCHERIE : « Morceau important de bœuf, veau ou mouton. » (F.)

PIED (EN L'AIR) : « On dit d'une personne gaie qu'elle a toujours un *pied* en l'air. » (F.)

SUR LE PIED DE : Indique l'état, la réputation : « On va le voir sur le *pied* de bel esprit, de savant. » (F.)

PISTOLE : Monnaie d'or étrangère battue en Espagne et en quelques endroits d'Italie, ayant même valeur, même poids, même titre que le louis. Mais c'est aussi une monnaie de compte, valant constamment dix livres.

PREMIER JOUR (AU) : à la première occasion.

QUALITÉ (FEMME DE...) : « Quand on dit absolument un homme de *qualité*, c'est un homme qui tient un des premiers rangs dans l'État, soit par sa noblesse, soit par ses emplois ou ses dignités. »

(F.) Dans le langage de Dancourt, ce mot s'applique uniquement à la noblesse et — peut-être ironiquement — à toute la noblesse, avec une préférence pour celle d'épée. Une des « Bourgeoises à la mode » ne veut recevoir chez elle que des « femmes d'épée ».

RACCOMMODER : « Refaire, r'habiller, remettre une chose en ordre, en bon état. Il faut *raccommoder* ce mur, ce pignon, le refaire à neuf (...) Signifie figurément réunir des personnes, les réconcilier, les rapatrier. » (F.)

RÉGAL : « Fête, réjouissance, appareil de plaisir pour divertir ou honorer quelqu'un. Le Roi a fait un grand *régal* à Versailles. (...) Se dit d'un présent de rafraîchissements et autres choses qu'on donne à des passagers ou étrangers pour leur faire honneur. » (F.)

REMISE (SANS) : « Signifie encore suite, délayement, renvoi à un autre jour. » (F.)

RENOMMER « Avec le pronom personnel signifie, Employer le nom de quelqu'un pour servir de recommandation auprès d'un autre (...) J'ay fait un bon accueil à cet inconnu dès qu'il s'est *renommé* de vous ».

SANGLER : « Signifie aussi serrer, appliquer fortement une chose contre une autre (...) Il lui a sanglé un soufflet, sanglé des coups de pied au cu, C'est-a-dire donné de toute sa force. » (F.) On peut donc se demander si Thibaut a tiré sur le cerf, ou s'il l'a assommé d'un coup de crosse.

TABLE D'HÔTE : « On appelle *table d'hôte*, celle d'une auberge ou d'hostellerie, où on reçoit à manger moyennant un tel prix par tête pour chaque repas. » (F.)

TEMPÉRAMENT : « Complexion, habitude ordinaire du corps de l'homme, sa constitution naturelle, la disposition de ses humeurs. » (F.)

TÊTE (COUP DE) : « ... se dit aussi des actions héroïques, hardies et extraordinaires, soit en bien soit en mal. La paix de Casal fut un *coup de tête*. (F., art. *coup*).

TIRER (DE CE CÔTÉ) : « Tirer de long signifie s'enfuir (...) Il faut tirer pays, pour dire avancer, cheminer. On dit d'un homme qu'il a tiré pays pour dire qu'il s'en est allé. » (F.)

VAPEURS : « C'est une humeur subtile qui s'élève des parties basses
des animaux, et qui occupe et blesse le cerveau (...) Les vapeurs
de la matrice ont causé de tout temps de grands emportements
aux femmes, soit de douleur, soit de folie. » (F.)

VERSER : « Faire tomber sur le côté une machine roulante, soit carrosse, charette ou coche ou bateau. » On l'emploie aussi absolument (F.)

VERTU (DRAGON DE) : « Femme d'une vertu austère et farouche, et
le plus souvent affectée, car *dragon de vertu* se prend moins en
bonne qu'en mauvaise part. » (Littré) Et de donner l'exemple :
« Ces dragons de vertu, ces honnêtes diablesses » (Molière,
L'École des femmes, IV), Le féminin *dragonne* est forgé ici par
plaisanterie.

BIBLIOGRAPHIE

Sur Dancourt :

BARTHELEMY Charles, *La Comédie de Dancourt 1685-1714, étude historique et anecdotique*, Paris, G. Charpentier, 1882.

BLANC André, *Le Théâtre de Dancourt*, Lille III, Atelier de reprographie des thèses, 1977.

BLANC André, *F. C. Dancourt (1661-1715) : la Comédie française à l'heure du Soleil couchant*, Tübingen, G. Narr, J. M. Place, Paris, 1984.

BLANC André, « Sur trois textes de Dancourt », *XVIIe siècle*, 1976, n° 112, p. 46-57.

BRÜTTING Joseph, *Das Bauernfranzösisch in Dancourts Lustspielen*, Altenberg 1911.

CHEVALLEY Sylvie, « Le Costume de théâtre de 1685 à 1720, d'après le théâtre de Dancourt », *Revue d'Histoire du théâtre*, janv.-mars 1964, p. 25-39.

CHEVALLEY Sylvie, « Rendre à Dancourt... », *Revue d'Histoire du théâtre*, 1969, n° 2.

CLEARY Carol, *Aspects of the Life and Works of Dancourt*, Ph. D., University of Durham, 1974.

LAKIN William, *The Conception of the Characters types in the Comedy of Dancourt* (1661-1725), M. A., Univ. of Sheffield, 1967.

LEMAÎTRE Jules, *La Comédie après Molière et le théâtre de Dancourt*, Paris, Hachette, 1882.

MELANI Nivea, *Motivi tradizionale e fantasia del « Divertissement »
nel teatro di F. C. Dancourt* (1661-1725), Napoli, I.U.O., 1970.

MELANI Nivea, *Il Teatro « à la mode » di F. C. Dancourt, Testi
scelti con introduzione, note e studio delle varianti*, Napoli,
I.U.O., 1972.

SOKALSKI Alexander, *The dramatic Art of Dancourt and the
Metaphor of Pretense*, Ph. D., 1970, Univ. of Yale.

STARR W. H., *Florent Carton-Dancourt, his Life and dramatic
Works*, Th. Ph. D., Baltimore, 1937.

Sur le théâtre français :

ATTINGER Gustave, *L'Esprit de la Commedia dell' arte dans le
théâtre français*, Paris, 1950.

BONNASSIES Jules, *La Comédie-Française, histoire administrative,*
(1685-1757), Paris, Didier, 1874.

CAMPARDON Émile, *Les Comédiens du Roi de la troupe française*,
Paris, H. Champion, 1879.

EMELINA Jean, *Les Valets et les servantes dans le théâtre
comique en France de 1610 à 1700*, Grenoble, P.U.G., 1975.

GARAPON Robert, *La Fantaisie et le comique dans le théâtre français, du Moyen-Âge à la fin du XVIIᵉ siècle*, Paris, A. Colin,
1957.

GUICHEMERRE Roger, *La Comédie classique en France*, Paris, P.U.F.,
1978.

LANCASTER H. C., *A History of French dramatic Literature in the
XVIIth century*, part IV, Baltimore, J. Hopkins U. Press, 1940.

MONGRÉDIEN Georges et ROBERT Jean, *Les Comédiens français du
XVIIᵉ siècle*, Paris, C.N.R.S., 3ᵉ éd., 1981.

MOUREAU François, *Dufresny, auteur dramatique* (1657-1724),
Paris, Klincksieck, 1979.

PARFAICT Claude et François, *Histoire du théâtre français...*, Paris,
Le Mercier et Saillant, 1735-1749, 15 vol. in-12.

SCHERER Jacques, *La Dramaturgie classique en France*, Paris, Nizet,
1950.

Sur les spectacles de la Foire :

ALBERT Maurice, *Le Théâtre de la Foire*, Paris, Hachette, 1900.

ATTINGER Gustave : *op. cit., supra.*

CAMPARDON Émile, *Les Spectacles de la Foire*, Paris, Berger-Levrault, 1877, 2 vol. in-8°.

DRACK Maurice, *Le Théâtre de la Foire, la Comédie italienne et l'Opéra-comique*, Paris, F. Didot, 1889.

NINOMIYA Reiko, « Les Spectacles de la Foire d'après les témoignages du temps », *The Annual Collection of Essays and Studies*, Fac. of Letters, Gakushuin University, vol. XXX, 1983, p. 259-296.

PARFAICT Cl. et Fr., *Mémoires pour servir à l'histoire des spectacles de la Foire*, Paris, Briasson, 1743, 2 vol. in-12.

Sur la Foire Saint-Germain :

Outre les indications qu'on trouve dans les ouvrages précédemment cités, qui traitent des spectacles de la Foire et dans la préface du *Théâtre de la Foire* de LESAGE et D'ORNEVAL, Paris, 1721-1737, 10 vol. in-12, on consultera, avec prudence :

CHERRIÈRES Capitaine, *La Lutte contre l'incendie dans les halles, les marchés et les foires de Paris sous l'Ancien Régime*, Paris, Hachette, 1923.

FOMAGEOT Paul, « La Foire Saint-Germain », *Bulletin de la Société historique du VIᵉ arrondissement*, Paris, 1901, p. 185-248 et 1902, p. 46-196.

SAUVAL Henri, *Histoire et recherches des antiquités de la ville de Paris*, Paris, 1724.

On consultera aussi les Archives Nationales, dossiers K 966, n° 15³, G⁷ 1694⁴⁸¹, Q₁ 1099⁵⁴, f° 33, et 1286, L 784, 785, 786, 805, S 2841, 2870, 2871, 2872, ainsi que les plans des censives N I Seine 33 et N IV Seine 3.

TABLE DES MATIÈRES

EXTRAIT DU CATALOGUE

(septembre 1985)

XVIᵉ siècle.

Poésie :

Prose :

Théâtre :

XVIIe siècle.

Poésie :

54. RACAN, *Les Bergeries* (L. Arnould).
74-76. SCARRON, *Poésies diverses* (M. Gauchie). 3 vol.
78. BOILEAU-DESPRÉAUX, *Epistres* (A. Cahen).
123. RÉGNIER, *Œuvres complètes* (G. Raibaud).
144-147 et 170. SAINT-AMANT, *Œuvres* (J. Bailbé et J. Lagny). 5 vol.
151-152. VOITURE, *Poésies* (H. Lafay). 2 vol.
164-165. MALLEVILLE, *Œuvres poétiques* (R. Ortali). 2 vol.

Prose :

64-65. GUEZ DE BALZAC, *Les Premières Lettres* (H. Bibas et K. T. But-
    ler). 2 vol.
71-72. Abbé DE PURE, *La Pretieuse* (E. Magne). 2 vol.
80. FONTENELLE, *Histoire des oracles* (L. Maigron).
81-82. BAYLE, *Pensées diverses sur la comète* (A. Prat - P. Rétat).
    2 vol.
132. FONTENELLE, *Entretiens sur la pluralité des mondes* (A. Calame).
135-140. SAINT-ÉVREMOND, *Lettres* et *Œuvres en prose* (R. Ternois).
    6 vol.
142. FONTENELLE, *Nouveaux Dialogues des morts* (J. Dagen).
153-154. GUEZ DE BALZAC, *Les Entretiens* (1657) (B. Beugnot.). 2 vol.
155. PERROT D'ABLANCOURT, *Lettres et préfaces critiques* (R. Zuber).
169. CYRANO DE BERGERAC, *L'Autre Monde ou les Estats et Empires
    de la Lune* (M. Alcover).

Théâtre :

57. TRISTAN, *Les Plaintes d'Acante* (J. Madeleine).
58. TRISTAN, *La Mariane* (J. Madeleine).
59. TRISTAN, *La Folie du Sage* (J. Madeleine).
60. TRISTAN, *La Mort de Sénèque* (J. Madeleine).
61. TRISTAN, *Le Parasite* (J. Madeleine).
73. CORNEILLE, *Le Cid* (M. Cauchie).
121. CORNEILLE, *L'Illusion comique* (R. Garapon).
126. CORNEILLE, *La Place royale* (J.-C. Brunon).
128. DESMARETS DE SAINT-SORLIN, *Les Visionnaires* (H. G. Hall).
143. SCARRON, *Dom Japhet d'Arménie* (R. Garapon).
160. CORNEILLE, *Andromède* (C. Delmas).
166. L'ESTOILE, *L'Intrigue des filous* (R. Guichemerre).
167-168. *La Querelle de l'École des Femmes* (G. Mongrédien). 2 vol.
176. SCARRON, *L'Héritier ridicule* (R. Guichemerre).
178. BROSSE, *Les Songes des hommes esveillez* (G. Forestier).

XVIIIᵉ siècle.

XIXᵉ siècle.

Collections complètes
actuellement disponibles.

IMPRIMERIE F. PAILLART
ABBEVILLE

N° D'impr. : 6222.
Dépôt légal : 3e trimestre 1985.